KB109541

나무가 말하였네 **옛시**

■ 이 도서의 국립중앙도서관 출판예정도서목록(CIP)은
서지정보유통지원시스템 홈페이지(http://seoji.nl.go.kr)와
국가자료공동목록시스템(http://www.nl.go.kr/kolisnet)에서 이용하실 수 있습니다.
(CIP제어번호: CIP2018009439)

나무가 말하였네 옛시

고규홍

마음산책

나무가 말하였네 **옛시**

1판 1쇄 인쇄 2018년 4월 1일
1판 1쇄 발행 2018년 4월 5일

지은이 | 고규홍
펴낸이 | 정은숙
펴낸곳 | 마음산책

편집 | 이승학 · 최해경 · 최지연 · 성종환   디자인 | 이혜진 · 최정윤
마케팅 | 권혁준 · 김종민   경영지원 | 박지혜

등록 | 2000년 7월 28일(제13-653호)
주소 | (우 04043) 서울시 마포구 잔다리로 3안길 20
전화 | 대표 362-1452 편집 362-1451   팩스 | 362-1455
홈페이지 | http://www.maumsan.com
블로그 | maumsanchaek.blog.me
트위터 | http://twitter.com/maumsanchaek
페이스북 | http://www.facebook.com/maumsanchaek
전자우편 | maum@maumsan.com

ISBN 978-89-6090-370-8 03810

* 책값은 뒤표지에 있습니다.

살아 있는 모든 것들은
저마다 다르다.

돌아가신 아버지가 남긴 만년필로 쓰다

고백을 해야겠습니다. 내게는 만년필 수집벽이 있습니다. 필사가 뜻밖의 붐을 이루면서 만년필이 고전적 필기구로 주목받는 듯하지만, 얼마 전까지만 해도 만년필은 사치품에 속했어요. 우리가 구할 수 있는 거개의 만년필은 꽤 비싼 편입니다. 그러다 보니 수집벽이라고는 했지만 많은 만년필을 갖추는 건 쉽지 않았죠. 하지만 톺아보니 만년필이 꼭 수십만 원에서 백만 원 넘는 고가품만 있는 건 아니었어요. 해외 쇼핑 사이트를 통해서 구입할 경우, 배송비 포함해서 이천 원에 살 수 있는 만년필도 있습니다. 품질이 그리 나쁘지 않은데도요. 중국산 만년필이 그런 편이지만, 꼭 중국산만 그런 건 아닙니다. 비교적 전통이 있는 독일산 만년필 가운데서도 잘 찾아보면 값싸게 구할 수 있는 만년필이 있습니다. 또 최근에는 인도에서 만들어내는 만년필도 싼값에 구할 수 있지요. 여러 만년필을 수집하다 보니 만년필값을 결정하는 중요한 요인은 아무래도 디자인 요소라는 것도 알게 됐습니다. 꼭 값비싼 만년필만 선호할 이유가 없다는 거죠. 그렇게 꽤 긴 세월을 보냈더니 지금은 백 자루쯤의 만년필을 갖게 됐습니다.

만년필에 집착하게 된 계기가 있습니다. 대학 시절이었습니다. 가까이 지내던 한 선배가 어느 날 낡은 만년필을 보여주었어요. 기자 생활을 하던 선배인데, 아버지가 쓰시던 만년필을 선물로 물려받았다는 겁니다. 얼마나 부럽던지요. 초등학교도 안 다닌 제 아버지로부터는 기대할 수 없는 선물이었거든요. 그때 아버지로부터 물려받지 못한다면 스스로라도 좋은 만년필을 구하겠다고 생각했어요. 그때부터 틈만 나면 만년필을 찾아 다녔고, 하나둘 모았어요. 취직을 해서 친척 어른이 신사복 한 벌 선물한다고 하면, 그거 말고 만년필을 사달라고 졸라대기도 했습니다.

월급깨나 받던 기자 생활을 하던 중에도 그랬습니다. 여윳돈이 생기면 남대문 수입상가로 달려가 만년필을 사들였습니다. 해외 취재를 떠나는 선후배 동료가 있으면 무조건 그 나라의 만년필을 구해달라고 주문하기도 했지요. 방학을 이용해 외국 여행을 나가는 친구들에게도 그랬어요. 어떤 선배는 자신이 선물 받은 만년필을 쓸 일이 없다면서 내게 넘겨주기도 했습니다. 그렇게 만년필은 서랍 속에 차곡차곡 쌓였습니다. 스웨터의 목깃에 꽂은 만년필은 젊은 시절 나의 특별한 프로필이었습니다.

생각보다 귀하고 좋은 만년필이 여럿 생겼지만, 그렇다고 해서 만년필에 대한 집착이 만족되지는 않았습니다. 제아무리 열심히 모아봤자 아버지가 쓰던 만년필을 물려받은 선배에 대한 부러움을 대신할 수 없었죠. 값비싼 만년필이라 해도 아버지의 손때 묻은 만년필은 될 수 없었습니다.

내 아버지는 이북에서 내려와 지지리도 가난하게 사신 분이고, 이남에서는 처음부터 내내 막노동이라든가 버스 터미널 야간 경비를 하신 분이니 만년필이 뭔지나 아셨겠습니까. 이태 전에 아버지는 아흔여섯을 일기로 이승에서의 남루했던 삶을 마치셨습니다. 가고 싶던 고향땅에 가지 못했다는 안타까움을 남기기는 했지만, 돌아가시기 두 달 전까지만 해도 자전거를 타고 다닐 정도의 건강을 유지하며 평안하게 돌아가셨습니다.

유품이랄 것도 없지만, 아버지가 남긴 흔적을 정리하는 중에 아버지의 이름으로 된 예금통장 두 개를 발견했습니다. 하나는 노인들에게 지급되는 기초노령연금을 수령하는 통장이고, 다른 하나는 무슨 뜻에서 마련한 건지 주택청약예금통장이었습니다. 제대로 따져볼 줄 모르는 아버지가 그냥 은행원의 이야기를 따라 만드신 통장이지 싶습니다. 하나의 통장에는 135만 원, 다른 통장에는 500만 원, 모두 합하면 635만 원이었습니다. 참 알량한 유산이었습니다. 하지만 그토록 힘겹게 살아온 그의 삶을 돌아보면 그건 결코 작은 돈이 아닙니다. 그래서 이 두 통장의 돈을 제 누이와 나눈 것이지요. 작지만 아버지가 남긴 것이니, 누이에게도 큰 뜻이 있으리라 생각하고 십 원 단위까지 정확히 둘로 나누었습니다. 내 몫으로 남은 아버지의 유산은 354만 원이었습니다. 그 돈을 다시 제 가족들과 공평하게 나누어, 제 몫으로 남은 건 127만 원입니다. 아버지의 손주인 저의 두 아이들에게는 50만 원씩을 나누어주었고, 제 아내와 제가 127만 원씩 나눈 것입니다. 이 돈은 함부로 쓰지 말고 오래도록 보관할 수 있는 물건을 구해서 아버지를 기억하자고 했습니다. 평소에는 눈도 돌리지 못하는 사치스러운 물건을 사야 오래 보관할 수 있으리라고 생각했습니다. 고작 백만 원으로 사치를 이야기하는 게 부끄럽기도 합니다만, 내게 그 정도면 큰 사치입니다.

무슨 물건을 사야 할지 저는 고민하지 않았습니다. 이미 결정한 게 있었으니까요. 바로 만년필이었습니다. 아버지가 쓰던 만년필은 아니지만, 아버지가 평생을 두고 남긴 돈으로 산 만년필이라면, 그건 아버지가 쓰던 만년필에 버금가는 유산이라고 생각한 겁니다. 머뭇거리지 않고 그전부터 사고 싶었던 백만 원짜리 만년필을 샀습니다. 오래도록 만년필 쇼핑몰에서 바라보기만 했던 만년필입니다. 이 책은 지금 그 만년필로 쓰는 중입니다.

백여 자루의 만년필을 관리하는 건 쉬운 일이 아닙니다. 잉크를 넣어두고 오랫동안 쓰지 않으면 잉크가 굳게 되고, 그러면 펜촉이나 만년필의 몸통이 상할 수 있거든요. 만년필은 세심하게 관리해야 합니다. 만년필을 가장 잘 관리하는 방법은 무엇보다 만년필에 잉크가 굳지 않고 흐르게 하는 것입니다. 잉크가 흐르게 한다는 건 곧 만년필로 무언가를 써야 한다는 이야기가 되겠지요. 그래서 오래전부터 무언가를 계속 썼습니다.

몇 해 전, 좀 더 정성 들여 쓰자는 생각을 하고는 『노자』와 『장자』를 베껴 썼습니다. 비교적 분량이 적은 『노자』는 흥미롭게 베꼈는데, 『장자』에 들어서니 분량이 많고 한자도 어려워 조금 더뎌졌습니다. 만년필 관리의 효율이 떨어졌습니다. 그래서 찾게 된 것이 옛시漢詩였습니다.

　만년필마다 제가끔 다른 색깔의 잉크를 채워넣고, 옛시를 베껴 쓰기 시작했습니다. 처음부터 그 많은 옛시를 모두 베낄 수 없어서, 어떤 형태로든 나무가 들어 있는 옛시만을 골라서 베꼈습니다. 검정색 잉크가 든 만년필로 옛시의 원문을 쓰면 다음 쪽에는 초록색 만년필로 한글 번역문을 쓰고, 어려운 한자나 단어의 뜻풀이는 그 아래에 파란색 만년필로 씁니다. 또 다음 페이지에는 조금 진한 파란색 이른바 블루블랙이라 부르는 감청색 만년필로 원문, 짙은 갈색 만년필로 번역문, 뜻풀이는 보라색 만년필. 그렇게 옛시 몇 편만 정성 들여 쓰면 자연스레 수십 자루의 만년필을 관리하는 셈이 됩니다. 시간이 지나다 보니, 만년필 관리에서 시작한 일이지만, 옛시를 베끼고 공부하는 일에 재미가 들었습니다. 이번에는 같은 색깔의 만년필도 굵은 펜과 가는 펜으로 종류를 바꾸어 갖고 다니게 됐습니다. 결국 책상 위에는 늘 색깔 다른 잉크가 든 스물대여섯 자루의 만년필이 놓여 있게 됐습니다.

　정성 들여 베낀 옛시 공책이 칠십 권이 넘었습니다. 베낀 옛시만도 아마 육천 편은 족히 넘을 겁니다. 이제는 이전에 베낀 옛시와 중복되는 경우가 더 많아졌습니다. 그러던 어느 날, 동무들을 만나서 만년필 자랑을 늘어놓다가 그 관리를 위해 베껴 쓰는 옛시 공책을 보여주었지요. 이야기를 듣던 한 동무가 곧바로 그걸 『나무가 말하였네』 셋째 권으로 이어가자고 제안했습니다. 처음에는 그게 될까 하는 생각에 머뭇거렸습니다. 공부나 감상을 위해 옛시를 베긴 게 아니었던 때문이지요.

그동안 베껴 쓴 옛시를 가만가만 들여다보았습니다. 거기에서 분명 내가 할 수 있는 일이 있다는 걸 알게 됐습니다. 시는 일상의 이미지를 시인만의 느낌으로 드러낸다는 점에서 옛시나 영시나 한글시나 다를 바 없습니다. 그러나 기존에 번역된 옛시 가운데 나무의 이미지에 대해서만큼은 내가 나설 부분이 있겠다는 생각을 했습니다.

예를 들어볼까요. 이를테면 '괴槐' 자가 그렇지요. 이 글자의 훈에는 회화나무와 느티나무가 모두 들어 있습니다. 물론 식물 분류학이 체계화하기 이전에 먼저 만들어진 글자이니 일쑤 헷갈리긴 합니다. 그러나 당시 시인이 쓴 옛시의 이미지를 잘 살펴보면, 그 나무가 느티나무인지 회화나무인지를 구별할 수 있습니다. 예를 들어 마을 어귀에 있는 나무를 '괴'로 표현했다면 그건 느티나무일 가능성이 높습니다. 그리고 선비들이 공부하는 서당의 뜰이라든가 뒤란에 있는 '괴'라면 아무래도 회화나무일 가능성이 높겠지요. 그런데 그 동안 번역된 '괴'는 헷갈립니다. 별로 설득력 없이 느티나무와 회화나무를 혼용했는가 하면 심지어는 홰나무라고도 했습니다. 홰나무는 국어사전에 '회화나무와 같은 말'이라고 돼 있긴 하지만 홰나무라는 나무는 없습니다. 고쳐야 합니다.

이 같은 사례는 더 많습니다. 그래서 마음먹었습니다. 나무의 이름뿐 아니라 나무의 형태, 또 나무가 자리 잡은 곳의 분위기와 주변 풍광에 대해서도 약간의 식물학적 지식이 필요합니다. 이를테면 버드나무처럼 물가에서 잘 자라는 나무가 있는가 하면 진달래처럼 척박한 땅에서 잘 자라는 나무도 있습니다. 이 같은 기초 지식을 바탕으로 시에 쓰인 상황과 이미지를 보다 면밀하게 연결시킬 수 있다면 더 좋겠지요.

시를 번역한다는 게 쉬운 일은 아닙니다. 단어 그대로 옮겨 쓴다는 건 아무래도 옳지 않습니다. 그보다는 시 속에서 시인이 드러내고자 하는 의미 혹은 이미지를 옮겨야 합니다. 옛시는 특히 우리 산수에 대한 이미지와 의미를 중첩적으로 담은 경우가 많습니다. 그럼에도 실제 번역에서는 대개 한자의 뜻 위주로 옮긴 경우가 많아서 안타깝습니다. 바로 그 자리가 내가 끼어들 자리라고 생각했습니다.

옛시를 번역하면서, 옛사람 말투로 옮기는 것도 그리 좋아 보이지 않았습니다. 그건 옛시의 본래 이미지를 손상시키는 것이라는 생각입니다. 한자와 옛말에 익숙지 않은 젊은 사람들에게도 옛시는 분명히 큰 의미와 감동으로 다가갈 수 있는데, 그 같은 번역으로는 다가서기 어렵습니다. 가능하면 현대시처럼 옮겨야 하지 않을까요. 한자 연구가 본래 목적이 아닌 이 책에서는 나무의 이미지를 드러내기 위해 일정한 덜어내기와 보태기가 뒤따랐습니다. 물론 무리하게 내 생각과 느낌을 어거지로 덧

대려는 것은 아닙니다. 보태는 건 최소화하되 원작의 느낌과 이미지를 강화하려는 방향으로 정리하고자 했습니다. 그리고 이미 펴낸 두 권의 『나무가 말하였네』에서 그랬던 것처럼 나의 느낌과 이미지를 시 뒤에 보탰습니다.

그러고 보니 '나무가 말하였네'라는 이름으로 나무에서 시를, 시에서 나무를 찾으려 처음 나선 게 십 년 전입니다. 수백 수천 년이 지나도록 한결같은 나무의 시간을 생각하면 겨우 십 년은 아무것도 아니지만, 앞으로 십 년보다 더 긴 세월 지난다 해도 나무처럼 한결같이 나무에 깃들어 살겠다는 마음으로 다시 한 권의 『나무가 말하였네』를 보탭니다. 부디 십 년에 걸친 이 작업이 자연과 더불어 살았던 선인들이 보여준 자연 사랑의 마음에 다가설 수 있는 계기가 되기를 바랍니다.

2018년 봄

고규홍

차 례

들 길 따 라 서

꽃을　보다

꽃을 보다

박준원

세상 사람들은 모양과 빛깔로 꽃을 보지만
나는 오로지 생명의 기운으로 꽃을 바라본다오
꽃의 생기 온 천지에 가득 차오르면
나도 따라서 한 떨기 꽃 되리라

看花

朴準源

世人看花色
吾獨看花氣
此氣滿天地
吾亦一花卉

나무를 본다는 것은 대관절 무엇인가. 나무 곁에서 오래 바라볼수록 깊어지는 풀리지 않는 의문이다. 모양과 빛깔만으로 보는 게 아니라 살아 있는 생명체로서 나무가 품은 기운을 보아야 한다고 생각해왔다.

언어로 이루어진 수사는 너끈히 이해할 수 있다. 눈으로만 봐서는 안 된다는 이야기다. 말은 어렵지 않다. 하지만 도대체 어쩌란 말인가. 눈으로 보지 않고 어떻게 보는가. 어찌해야 생명체의 기운을 느낄 수 있는지는 알기 어려웠다.

이미지의 시대 혹은 시각의 시대. 오로지 눈으로 보는 것만을 지고의 진리로 여기는 현대 과학의 시대에 눈으로는 아무것도 볼 수 없는 한 여자와 한 해 동안 나무를 바라보려 했던 것은 그래서였다. 조금은 생뚱맞은 그 답사 길에는 음악이 함께 있었다. 그녀가 피아니스트여서였다.

처음에 그녀에게 나무는 앞길을 훼방하는 장애물에 불과했다.

그녀가 나무를 만졌다. 코를 가까이해서 나무의 향을 탐색했고, 나무줄기에 귀를 바짝 대고 나무의 소리를 들었다.

눈으로 보지 않기에 그녀는 나무에 얽힌 자신의 모든 경험을 죄다 끄집어내며 나무의 느낌을 알아채려고 애썼다. 눈으로라면 일별만으로도 알 수 있는 한 그루의 나무를 탐색하는 데 그녀는 언제나 터무니없을 만큼 긴 시간을 필요로 했다. 사유의 시간이었다. 시각을 내려놓고 생기 가득한 촉각과 후각, 청각과 미각을 더 깊이 활용하며 그녀는 사유의 깊이를 집어들었다.

오랜 탐색 끝에 하나 둘 셋 넷. 그녀는 나무에 담긴 생명의 기운에 다가섰다. 그리고 차츰 그녀만의 느낌으로 나무의 이름을 불렀다. 순간 살아 있는 생명체로서 나무의 기운이 온 천지에 가득 차올랐다. 그리고 그녀의 손을 붙잡고 서 있는 나도 더불어 한 그루 나무처럼 향그러워졌다.

그녀가 말했다. 눈으로 보느냐 귀로 보느냐는 중요하지 않다, 어떻게 다가서느냐보다는 대상에 대한 지극한 관심과 성의가 중요하다고.

나를 바라보지 못하는 그녀를 가만가만 바라보며 내가 혼잣말처럼 중얼거렸다.

"시각을 내려놓으니 촉각이 일어나고 후각이 살아나고 청각이 요동쳤다. 그리고 사유가 시작됐다."

봄바람이 몰래

전후

초록 밀랍 줄기 위 싸늘한 촛불엔 연기도 없고
꽃샘추위 살피느라 꽃술은 아직 돌돌 말려 있네
꽁꽁 봉한 편지 한 잎엔 무슨 사연 담겼을까
그대로 두었다가 봄바람이 몰래몰래 펼쳐 보겠지

未展芭蕉

錢珝

冷燭無烟綠蠟幹
芳心猶卷怯春寒
一緘書札藏何事
會被東風暗拆看

남녘에선 이미 봄꽃 잔치가 한창이건만, 이곳에서는 봄 꽃들이 아직 꽃잎을 열지 않았다. 꽃봉오리 속에 감춰진 꽃잎이 봄바람 재우치며 꼬무락거리는 중이다. 채 열지 않은 꽃잎이 어떤 모습으로 피어날지 기다리는 마음으로 설레는 밤이다.

지난해에 피었던 그 자리 그 줄기 위에서 피어날 꽃들이 이 봄에는 무슨 빛깔의 사연을 담을까. 해마다 보는 꽃들이라 해도 긴 겨울 끝에 다시 만나는 봄의 새 꽃들은 언제라도 반갑고 새롭다. 새싹 틔우기 위해 겨우내 땅 깊은 곳에서 생명을 이어온 여린 풀꽃의 강한 생명력은 우리 삶에 던지는 자연의 신비다.

하릴없이 옛사람의 시 한 수 떠올린다. 당나라 시인 전후의 봄 예찬이다. 펼치지 않은 잎사귀 하나에 편지가 담겨 있다는 시인의 마음이 더없이 살갑다. 시인은 편지에 무슨 사연이 담겨 있을지 궁금해하는 데까지 생각을 이어 간다. 하지만 사연은 다른 누구도 아닌 봄바람이 몰래 펼쳐 보실 거란다.

꽃도 바람도 그리고 그 앞의 시인도 모두 봄처럼 아름답다.

절집에 묵으며

권근

연기에 파묻혔던 절집 새벽 되어 맑아지니

이슬 머금은 뜰 앞의 잣나무 푸르다

소나무 정취 맑고 천하가 고요한데

건듯 불어온 서늘한 바람이 버들가지 흔든다

宿甘露寺

權近

煙蒙古寺曉來清

湛湛庭前栢樹靑

松韵悄然寶宇靜

凉風時拂柳絲輕

고요한 절집 앞마당에서 홀로 산 아래를 내려다보며 하염없이 앉아 있었던 적이 있다. 어느 초가을 오후, 남도의 섬마을 산 높은 곳 한적한 절집이었다. 스님도 공양주 보살님도 모두 부재중이었다.

아무렇게나 쌓인 장작더미 곁에 아무렇게나 주저앉아 땀을 식혔다. 어디선가 불현듯 불어오는 바람을 타고 휘파람새 울음소리가 귓전을 울렸다. 나도 따라서 휘파람을 불었던 듯하다. 적막한 절집에 찾아온 나그네의 휘파람 소리와 절집 뒷산에 깃들어 사는 새의 휘파람 소리가 하나 되어 만났다. 소리에 담긴 내음이 향긋해서이기도 했지만, 자칫 사람의 움직임에 새소리가 잦아들까 저어돼 앉은 자리에서 일어나지 못했다.

새의 소리, 산의 소리를 가슴 깊이 담는 동안 멀리 산 아래에서 붉은 노을이 지그시 다가왔다. 노을 따라 저녁 이내가 자욱히 차올랐다. 건듯 불어오는 바람이 장작더미 곁에 무덤덤히 서 있는 굴참나무 가지를 파고들었다. 아침까지 머무르고 싶었다. 그러나 저녁 이내 위로 옅은 어둠이 서서히 내리자 고요에 잠긴 절집에서 내가 먼저 느낀 감정은 두려움이었다. 어쩔 수 없이 의지가지없는 나그네 신세였다. 한자리에 오래 머무를 수 없는…….

다시 어둠 속 산길에 나서야 했다. 밤길 걷는 동안 머릿속에 떠오른 건 새벽이슬 머금은 절집 뜰 앞의 잣나무였다. 할!

가을 계수나무

해안

중동이 부러져 바위 사이에 늘어진 계수나무
빛깔이나 모양을 어찌 모란에 비하겠는가
세상 사람들은 나무의 빛깔을 좋아하지만
빛깔만 보지 않고 향기를 탐하는 사람 있으리

有感
海眼

摧殘寒桂倚岩間
文彩難同午牧丹
塵世只今皆好色
看來誰有嗅香看

단풍 화려한 가을이면 찾아보아야 하는 나무가 있다. 계수나무다. 계수나무는 가을에 보아야 한다. 가을바람 불어오면 계수나무 잎 위에도 단풍 물이 노랗게 오른다. 그리 진하지 않다. 눈으로 보아서는 단풍나무나 은행나무 만큼 사람을 끌지 않는다.

계수나무 그늘에 들어서본 적 있는 사람은 그러나 다시 가을 되면 계수나무를 떠올리게 마련이다. 향기 때문이다. 계수나무 갈잎은 바람 따라 서서히 마르면서 특별한 향기를 낸다. 마치 갓 구워낸 과자 내음이 단풍 든 잎사귀에 담긴다. 동그란 심장 모양으로 생긴 잎사귀 어디에 이런 맛난 향기를 품고 있는지 궁금해하며 눈으로 향기의 근원을 탐색하는 건 자연스러운 순서다.

세상 사람들이 모두 눈으로 단풍을 감상하는 가을이면 언제나 계수나무 잎을 찾아가 눈 감고 단풍잎에 담긴 가을 향기에 한껏 취해야 할 일이다.

솔

권필

솔아

소나무야

흰 눈 보며

겨울 견뎌내니

하얀 눈이 깃들고

푸른 이끼 소복하다

따스한 바람에 송화 날리고

가을 오니 솔잎에 서리 내린다

곧은 줄기는 벼랑 위로 우뚝 솟고

맑은 빛은 푸른 봉우리에 잇닿았구나

새벽 달빛 따라 단상에 그림자 드리우고

솔바람 소리는 멀리 절집의 종소리 이끈다

나뭇가지는 싸늘한 이슬로 잠든 학을 깨우고

깊은 땅속에 내린 소나무 큰 뿌리는 용을 닮았다

산 깊은 곳에서 양 치던 초평은 솔잎 씹으며 신선 되고

진나라 원량은 소나무 곁을 소요하며 가슴을 말끔히 씻네

죽림칠현의 선비 완생이 세상 최고의 작품 논할 것 없으리

뭣 하러 다시 당나라의 화가 위언에게 기이한 모습 그리게
하랴
땅에 명을 내려 겨울에도 지지 않는 독야청청함을 이에 알
겠으니
날 추워도 늦게까지 시들지 않는 자태가 아니라면 그 누가
따르리오

松
權韠

松
松
傲雪
凌冬
白雲宿
蒼苔封
夏花風暖

秋葉霜濃

直幹聳丹壑

清輝連碧峯

影落空壇曉月

聲搖遠寺殘鐘

枝翻涼露驚眠鶴

根挿重泉近蟄龍

初平服食而鍊仙骨

元亮盤桓兮滌塵胸

不必要對阮生論絕品

何須更令韋偃畫奇容

乃知獨也靑靑受命於地

匪爾後凋之姿吾誰適從

겨울에 푸른 잎을 가진 나무가 소나무만 있는 건 아니건만, 예로부터 소나무는 지조와 절개의 상징이었다. 우리의 선비가 좋아하는 나무로 소나무를 따를 건 없다. 그저 좋아하는 정도가 아니라 아예 소나무의 생명살이를 선비가 살아가야 할 삶의 표본으로 여겼다. 겨울에도 푸른빛을 잃지 않는 솔잎의 독야청청 절개가 그 첫 번째 이유였으리라. 시작은 그 푸른 잎에서였지만, 선비들은 차츰 소나무의 모든 것을 선비의 삶에 빗대었다. 봄바람에 송홧가루 날리는 것도, 솔잎에 바람 스치는 소리까지도, 심지어 눈에 보이지 않는 땅속 깊은 곳의 뿌리까지.

소나무는 선비들에게 하나의 표본이자 상징으로 키워졌다. 많은 시인 묵객이 소나무를 예찬하는 노래를 지었고, 차츰 선비의 상징으로 자라났다.

시인은 글자 수에 맞추어가며 소나무가 갖춘 고귀한 성품을 고루 칭송한다. 맑은 솔바람 소리를 내고, 고귀한 새인 학이 깃드는 나무이며, 눈 속에서도 독야청청 푸르른 절개를 잃지 않는 나무라고 시인은 노래한다.

옛 선비들에게 소나무는 그냥 나무가 아니었다. 소나무라고 쓰기는 했지만, 소나무만이 아니라 생명의 표본, 선비의 모범이라고 해도 될 만한 상징이었다. 그러고 보니, 이 시의 원문에는 소나무의 꽃, 송화가 여름에 핀다고 했다. 그러나 송화는 늦봄에 피어난다. 대개는 봄 깊은 사오월에 피어나 봄바람에 온 산을 노랗게 물들인다. 다음 행의 가을과 대구를 이루느라 여름이라 한 것일 수 있지만, 사실과 맞지는 않다. 그러나 소나무는 실제의 나무 이상 그 무엇이다. 옛 시인들에게 소나무는 봄 여름 가을 겨울이 무관했을 수도 있다. 소나무의 이미지는 선비의 사계절 언제라도 곁에 있었다. 그리하여 현대에 이르기까지 이 땅에는 소나무만큼 훌륭한 나무가 없는 걸로 받아들이게 됐고, 우리 땅은 세상 어디에서도 보기 힘들 만큼 소나무가 많은 땅, 소나무의 나라가 됐다. 소나무는 정녕 우리의 나무일 수밖에 없다. 예전에도 지금도 그렇다.

시의 15행에 등장한 인물, 초평은 열다섯 살에 양을 치다가 적송산에서 수련하여 신선이 됐다는 전설 속의 황초평黃初平을 가리킨다. 이어 다음 행에 등장하는 원량은 진나라 때의 대문호 도연명의 자다. 여기에 도연명을 끌어온 것은 도연명이 지은 「귀거래사」의 일부를 그대로 가져온 때문이다. 완생 역시 중국 문학사에 등장하는 인물로 두보가 촉나라의 검외 지역에 살던 동안 가까이 지내던 사람의 이름이다. 다음 행의 위언은 당대의 유명한 화가로, 그가 그린 소나무 그림에 두보가 감탄했다는 이야기가 전한다.

동백꽃

김낙행

소나무 잣나무 푸른 절개에 붉은 꽃 더하니
하얀 눈 속이어도 나뭇가지에 봄빛 가득하다
꽃 지고 맺힌 열매는 음식 짓는 데에 요긴하니
세상의 어느 붉은 꽃처럼 교태만 갖춘 건 아니다

伏次冬柏花韻

金樂行

富貴花兼松柏節

春光爛熳雪中條

仍看結子和羹鼎

非是尋常紅紫嬌

절개의 상징으로는 늘 푸른 나무를 이야기한다. 소나무 잣나무 향나무가 그렇다. 소나무는 그 가운데에서도 대표적인 나무다. 선비의 본보기가 되는 나무다.

동백나무 앞에 서서 빨갛게 피어난 동백꽃을 이야기하려던 시인에게 동백나무보다 먼저 떠오른 건 하릴없이 소나무 잣나무였다. 푸른 절개를 갖춘 나무의 기준이 소나무 잣나무였으니. 사철 푸른 잎을 가진 나무가 소나무 잣나무만 있는 건 아니잖은가. 동백나무의 사철 푸른 잎 역시 소나무 못지않은 절개를 갖추었다고 시인은 노래한다.

오래전, 우리의 남도에 핏빛 절개의 상징으로 심어 키운 동백나무 한 그루가 있다. 전남 나주시 왕곡면 송죽리의 동백나무다. 나무를 심은 건 오백 년 전인 조선 중종 때다. 정암 조광조가 도덕 정치 혹은 개혁 정치의 깃발을 높이 휘날리던 시절이다. 그러나 조광조의 개혁 운동은 지나쳤다. 뜻은 높고 좋았지만, 사람 사이의 조화를 돌보지 않고 혁명의 기세만 재우친 건 전략적 실수였다. 물론 개혁이든 혁명이든 상황의 급변을 전제로 한 변화는 모든 사람의 형편을 돌아볼 겨를을 허락하지 않는 게 사실이기는 하다. 그래서 개혁에는 기득권층의 반대를 무마할 전술 전략이 뒷받침돼야 한다. 조광조는 그걸 놓쳤다. 반대파의 모략에 조광조는 역모의 음모에 휘말려야 했고, 마침내 쫓겨나 죽음을 맞이했다. 승세를 탄 기득권층과 뒤탈을 두려워한 지배자들은 조광조와 관계 맺은 모든 선비들을 한꺼번에 해

치우려 했다. 강산에 피바람이 몰아쳤다.

조광조의 개혁 사상과 정치 노선을 따르던 적잖은 선비들은 우선 피바람을 피해야 했다. 고향이나 깊은 산골로 숨어들었다. 그러나 이미 품었던 큰 뜻을 허수로이 버릴 수 없었다. 제가끔 나라 안의 여러 곳으로 흩어져 다시 뜻 이룰 날을 기다렸다. 나주 땅에도 그런 선비들이 있었다. 승지를 지낸 임붕, 직장 벼슬을 지낸 나일손, 생원 정문손 등을 중심으로 한 열한 명의 선비가 그들이다. 그들은 처음에 남몰래 밤이슬 맞은 채 집집이 돌아다니며 시국을 토론했다. 자신들의 개혁 철학과 정치 정략을 더 공고히 했다.

시간이 흐르자 그들은 드디어 비밀결사 모임의 요람이 될 정자 한 채를 지었다. 한적한 마을 어귀에 지은 정자에 '금사정錦社亭'이라는 이름을 붙였다. 비밀결사의 이름인 금강십일인계錦江十一人契의 '금錦'과 비밀결사를 뜻하는 '사社'를 딴 이름이다. 미래의 꿈을 위해 세운 정자 앞에 그들이 함께 손을 맞잡고 섰다. 그리고 정자 앞 조붓한 마당에 한 그루의 나무를 심었다. 그날 그 뜻을 상징할 수 있는 나무여야 했다. 그들이 골라낸 나무는 동백나무였다. 겨울 추위가 혹독할수록 더 붉게 피어나는 동백나무의 꽃을 바라보며, 지금의 고난은 곧 더 아름다운 꽃을 피울 통과제의라고 생각했다. 또 소나무의 솔잎 못지않게 사철 푸른 동백나무 잎은 언제까지나 변치 않을 지조와 절개를 상징하리라 생각했다.

혁명과 절개의 상징으로 오백 년을 살아온 나주 송죽리 금사정 동백나무는 그렇게 남았다. 세월은 흘러 금강십일 인계의 선비 열한 명은 뜻을 이루지 못하고 이승을 떠났지만, 그들이 심어 키운 한 그루의 동백나무는 여전히 조선의 못 이룬 혁명의 꿈으로 푸르게 남았다.

뜨락의 소나무

김성일

세상에 보고 또 보고 싶은 게 별로 없다 해도
내 집 뜰의 소나무는 유난히 사랑스러워라
천 년 세월 겪었어도 푸르름 잃지 않으니
세상의 어떤 사람이 소나무 기품을 따르리요

詠庭松贈宗孫

金誠一

殊方物色眼中空
獨愛庭前十八公
閱盡千霜靑未了
幾人能與爾同風

학봉 김성일 종택에 들른 적이 있다. 경북 안동 지역을 떠돌던 때였다. 그 집에서 발길을 멈춘 것은 대문 앞 작은 화단에 곱게 피어난 도라지꽃이 눈에 들어왔던 때문이다. 도라지꽃을 한참 보다가 집 안으로 들어섰다. 그 근사한 한옥이 학봉종택임을 알리는 안내판을 본 뒤였다. 툇마루 안쪽으로 들여다보이는 사랑방에서는 하얀 러닝셔츠만 입은 어른이 부채로 더위를 날리고 있었다. 종택 구경으로 드나드는 외지인이 많은 탓인지, 낯선 나그네에 신경을 쓰지 않고, 어른은 나른하게 부채질만 했다. 허름한 러닝셔츠만 걸친 채였지만, 노인에게서는 알 수 없는 기품이 배어나왔다. 옛 어른 학봉 김성일의 후손이리라. 종택 뜨락에는 적지 않은 나무가 있었다. 향나무와 소나무가 먼저 눈에 들어왔고 그 밖에도 여러 나무가 있었다. 그러나 단연 늘푸른나무들이 이 뜨락의 주인공이다.

오백 년 전 학봉 김성일도 이 뜨락에서 한 그루의 소나무를 바라보았던 게다. 그리고 시 한 수 지었다. 세상 만물 가운데에 보고 또 보고 싶을 만큼 사랑스러운 게 많지 않아도 내 집 뜨락의 소나무만큼은 언제라도 다시 바라보게 된다고 노래했다. 천 년 세월 지나도 결코 푸르름을 잃지 않는 절개에 선비는 넋을 빼앗겼다. 옛 어른이 다시 바라볼 만한 기품을 가진 나무를 이야기한 뜻은 앞으로도 다시 천 년을 이어가리라.

눈 나리는 새벽

김집

산봉우리 아래 눈 나려 천지가 순백인데
외로운 나그네는 추위 피해 꿈속에 든다
배꽃 만발한데 나무마다 새 모습 드러나고
소나무 푸른 잎은 예전처럼 푸르게 빛나네

次雪曉

金集

削玉千峯白四圍
怯寒孤客夢先歸
梨花滿樹呈新態
依舊蒼髯不奪暉

새벽 산마을에 하얗게 눈이 내렸다. 순백의 세상이 펼쳐졌다. 매운 바람 피해 방 안에 든 나그네는 홀로 꿈속에 든다. 노곤히 빠져든 꿈속 천지에는 배꽃이 활짝 피어났다. 나무마다 싱그러운 신록이 우거진 꿈은 달큰하다. 눈 쌓인 순백의 겨울 산에 서 있는 소나무 푸른 잎 잊히지 않는데, 꿈속에서 맞이한 봄 산에 솔잎 푸르름은 한결같다. 소나무의 절개를 예찬하지 않을 수 없다. 바깥은 아직 겨울인데, 꿈에서 맞이한 봄은 더 새롭고 화려하다. 무심히 흐르는 세월 속에 소나무만 한없이 푸르다. 아직 오지 않은 봄을 기다리는 겨울 나그네의 그리움이 늘 푸른 소나무에 담겼다.

우리 선비들이 왜 유난히 소나무를 좋아했는지 알겠다. 선비들에게 모든 늘푸른나무의 기준은 언제나 소나무였다. 겨울 봄 할 것 없이 소나무를 바라보는 마음은 한결같았다.

넷째 행의 '창염蒼髥'은 푸른 구레나룻을 가리키지만, 솔잎을 비유하는 시어로 자주 쓰인다. 소나무를 선비의 상징으로 여긴 탓일 수도 있겠다. 한걸음 더 나아가 아예 소나무를 창염수蒼髥叟, 즉 푸른 구레나룻의 노인으로 쓰기까지 했다.

봄날의 길

김부용

꽃은 산의 마음 따라 기쁘고
새는 나무의 넋 따라 노래하네
바람과 햇살과 하늘이 내게
자연의 웅숭깊은 이치 그리라 하네

路中春事
金雲楚

花欣山意思
鳥喚樹精神
描寫玄玄妙
天工付此人

나무를 본다. 멀리서 시작해 천천히, 가까이 다가서서 바라보고, 뒷걸음질 치며 또 바라본다. 이번엔 나무 그림자의 키를 재듯 발맘발맘 나무에 다가서며 다시 바라본다. 발을 떼어 옮기며 나무 곁을 흐르는 바람 소리를 읽는다. 가지 끝에 홀로 피어난 꽃 한 송이에 시선이 멈춘다. 나뭇가지 사이로 흐르는 바람결에 한들 춤추는 꽃송이와 함께 나무는 하냥 기쁘다. 새들은 보이지 않는 곳에 숨었지만 노랫소리로 다가온다. 나무가 담은 기쁨의 물결이 흘러넘쳐 어딘가에 숨어 사는 새들에게 닿은 모양이다.

나뭇가지 사이로 수런거리던 바람이 잠시 멈춰 서서 내게 새들의 노랫소리를 그려내라 한다. 가지 끝에 닿은 햇살도 바람 따라 자연의 웅숭깊은 이치를 그려내라 한다. 나무도 웃음 지으며 내게 글로 세상을 그려내라 재촉한다.

나무 앞에서 가만히 눈을 감는다. 나무의 세월에 담긴 자연의 이치를 그려내려 눈 감은 채 나무를 본다. 그때 문득 다가오는 나무의 향, 나무의 소리, 나무의 세월, 그 안에 들어선 자연의 이치가 손에 잡힐 듯하다. 나무 안에서 솟아나는 생명의 기운이다.

미천한 붓방아질 며칠째 밤을 새워 이어가지만, 글 한 줄 적지 못하고 애간장 태운다.

큰길

김삼의당

봄바람 부는 큰길에
백마가 세상일 잊고 달린다
복사꽃 오얏꽃 시새워 피니
집집이 봄빛 풍성하다
한식 봄바람에 비 내리고
꽃 떨어진 큰길에 향기 묻힌다
말조차 함부로 밟지 않을 만큼
떨어진 꽃에 아쉬움 담긴다

大道

金三宜堂

春風大道上
白馬踏紅塵
桃李花爭發
家家富貴春
寒食東風雨

香泥大道中

紫騮驕不踏

應惜落來紅

피어날 때 못잖게 지는 순간도 하마 아름다워 잊히지 않는 꽃이 있다. 정녕 아름다운 꽃은 지는 순간까지 아름다워야 하리라. 시들지 않은 채 뚝뚝 떨어지는 동백꽃이 그렇고, 남몰래 물속으로 서서히 가라앉으며 수명을 다하는 수련 꽃이 그러하며, 꽃 진 뒤에 남은 꽃받침만으로도 어여쁜 장미꽃이 그렇다. 온 세상을 옅은 분홍빛으로 화들짝 밝힌 뒤 창졸간에 난분분 허공을 휘저으며 떨어지는 벚꽃은 또 어떤가.

깊어지는 봄밤, 어둠 속에서 나무 그늘에 꽃잎 떨구는 벚나무가 이룬 분홍 카펫의 추억은 다시 또 봄을 기다리는 여러 이유 가운데 하나가 됐다. 여느 벚꽃보다 꽃잎이 훨씬 크기도 하지만, 꽃잎 수가 월등히 더 많은 겹벚꽃 종류가 이룬 낙화 풍경을 나는 잊지 못한다. 찬란한 봄의 에필로그다. 한없이 아름답다. 더 말할 나위 없다.

사월 지나 오월 들어설 즈음, 비 내리고 봄바람 건듯 불어오면 '초속 오센티미터'라는 꿈의 속도로 가만가만 낙화해서는 빈자리를 찾아 내려앉는 꽃잎 꽃잎 꽃잎들……. 한낮에 피었던 화려한 벚꽃의 기억을 가슴에 온전히 새겨 넣기도 전인 이튿날 아침, 봄 숲의 술렁임으로 설친 밤잠에서 깨어 이른 숲길을 걸으면서 맞이하게 되는 꽃길이 있다. 벚나무 꽃잎이 이룬 분홍 카펫 길. 발길을 멈출 수밖에 없다. 걷기 위한 길이건만 그 순간만큼은 바라보기 위한 길로 바뀐다.

얼마 지나 이 숲에는 사람들의 발걸음으로 번거로울 것
이다. 도리 없이 흩어질 꽃길임을 모르지 않지만, 짧은 시
간이라도 가만히 바라보기만 해야 한다. 채 열흘을 넘기지
못하고 지상에서의 영화를 마무리하고 떨어진 꽃의 향기
를 가슴 깊이 담아야 한다. 바라볼 시간이 모자라다. 누구
의 시구처럼 사랑할 시간이 모자란 것과 같다. 걸음 멈추
고 천천히 꽃향기 꽃 빛깔을 가슴 깊이 담는다. 새들도 날
갯짓을 멈춘다. 한 생명 마친 꽃잎 더미 앞에 적막이 흐른
다. 세상의 모든 떨어진 꽃잎은 적막하여 더 아름답다.

떨어진 꽃

홍낙인

햇살 재우치며 붉게 핀 꽃 시드니

화려한 자태는 겨우 열흘 남짓

허공에 너울너울 춤추듯 나부끼며

땅에 떨어져도 은은한 향기 잃지 않는다

활짝 피었을 때 그리 곱고 아름답더니

추락하며 날아가는 꽃잎은 하냥 서글프다

해 지나 다시 이맘때 되면 피어나리라 기약하지만

꽃 지고 텅 빈 가지 바라보는 서글픈 마음 하릴없다

次詩社諸君賦落花韻

洪樂仁

零粉殘紅有底忙

韶華纔得一旬强

翻空宛作婆娑舞

委土猶傳黯淡香

盡意開來何照爛

轉頭飄去便悲涼

極知明歲如期見

且向枝邊瀉恨腸

낙화를 노래한 열여섯 편 「차시사제군부락화운次詩社諸君賦落花韻」 가운데 첫 번째다. 거개의 꽃이 열흘쯤 화려하게 피어 있었으면, 곧 시들어 낙화한다. 떨어진 꽃에서 향을 탐색하려는 선비의 안간힘이 가냘프다. 이듬해 이맘때면 꽃은 다시 피어날 걸 그가 모르지 않으리라. 다시 만나자는 약속 거듭하지만, 꽃 떨어지고 텅 빈 나뭇가지를 바라보는 마음이 서글픈 건 어쩔 수 없다.

시들어 떨어진 꽃을 아쉬워한 노래는 한창 곱게 피어난 꽃을 예찬한 노래보다 좋다. 추락하는 꽃잎의 날갯짓, 땅에 떨어진 채 풍기는 은은한 향, 그 안에는 세월이 들어 있고, 부침하는 우주의 진리, 영원히 순환하는 생명의 순리가 담긴 때문이다. 그리고, 그리고 그 노래엔 사라지는 모든 것에 대한 사랑과 그리움이 살아 있다.

시인 홍낙인은 낙화를 예찬한 노래를 잇달아 열여섯 편이나 지었다. 열여섯 편의 절창 가운데 마지막 노래를 시인은 '이듬해에 꽃 피면 다시 또 노래하리라明年花發更題詩'로 마무리했다.

같은 꽃이 같은 자리에서 다시 피었다 지는 것처럼 같은 일이 하냥 되풀이되는 걸 바라보면서 사람살이를 돌아본다. 그러나 나이 들어가며 똑같은 흐름을 이어가기 어려워진다는 사실에 불현듯 서글퍼진다. 사람살이의 서글픔이리라. 내년에 다시 만날 줄 알지만 떨어지는 꽃잎 바라보며 서글퍼지는 마음 다독이는 건 하나의 생명이 또 다른 생명을 향한 한없는 그리움이지 싶다. 시나브로 사람의 마을에 봄이 깊어간다.

꿈속에서

김창협

간밤에 핀 매화꽃이 봄기운 재촉하니
한 송이 꺾어 그리운 마음 멀리 전해야겠다
오래전에 헤어진 동무 소식은 언제나 돌아올까
바람결에 만발한 꽃잎 떨어지니 그리움만 쌓이네

九月二十一日曉夢

金昌協

昨夜梅花滿樹春
攀花遠欲寄情親
江南驛使歸何日
萬點風吹思殺人

길 위에서 만나는 나무 한 그루, 꽃 한 송이에 누군가를 떠올리는 사람은 아름답다. 대개는 지금 함께 있는 사람이 라기보다 오래 떨어져 그리워 하는 사람이게 마련이다. 누 군가를 떠올리는 사람도, 꽃 송이에 담겨 떠오르는 사람 도 모두 아름답다.

오래전 함께 지내던 옛 친구가 페이스북 담벼락으로 소 식을 전해왔다. 잘 있었느냐고, 내가 띄우는 나무편지를 말없이 잘 받아본다고, 지나는 길에 크고 오래된 나무만 보면 내가 생각난다고, 건강하라고, 나무처럼 든든하게 오 래 잘 살라고…….

반가웠다. 나무만 보면 내가 생각난다는 말이 참 살가 웠다. 나도 그렇다. 남다른 이유도 근거도 없이 어떤 곳 어 떤 나무를 보면 누군가 연결되어 떠오르는 경우가 많다. 이 땅을 떠나 만리타향에 새 둥지를 튼 옛 동무일 때도 있 고, 오래전에 세상을 떠난 젊은 후배인 경우도 있다. 키가 너무 커 어깨를 구부정하니 굽히고 살았던 여자인 경우 도 있고, 손가락 하나가 절단된 남자인 경우도 있다. 어느 틈에 내 앞에 서 있는 나무는 일쑤 멀리 떠난 그 사람 된 다. 하나하나 톺아보면 분명 이유가 있겠지만, 그건 상관없 다. 나무를 바라보며 사람을 생각하는 게 좋을 뿐이다. 나 무가 좋아 나무를 찾아 떠난 길이지만, 나무 곁에 더 오래 머무를 수 있는 또 하나의 이유가 그것이다.

바람 없지만 시절 따라 낙화한 목련 꽃잎 앞에 서서 다시 나는 누군가를 떠올린다. 그이가 목마르게 그리운 늦은 봄 오후다.

이 칠언절구의 원제목에 시인은 이 시를 쓰게 된 까닭을 담았다. 무척 장대한 제목이다. 풀어보면 이렇다.

9월 21일 새벽 꿈에, 뜰 안의 커다란 매실나무에 꽃이 활짝 피었다. 바라보니 마치 하얀 눈이 내린 듯했는데, 솔솔 부는 바람에 흩날려 떨어지는 꽃잎이 있었다. 오래 떨어져 만나지 못한 사흥 형제가 생각나 나뭇가지 하나 꺾어 바라보며 시를 지었다. 잠에서 깨어 꿈결에 지은 시를 애써 생각하여 '바람결에 만발한 꽃잎 떨어지니 그리움만 쌓이네萬點風吹思殺人'라는 구절이 떠올랐다. 그러고 보니 두보의 시구와 닮아서 고치려 하자, 방문 앞으로 달이 휘영청 비쳤다. 달빛에 하릴없이 서글퍼져서 새로 지은 칠언절구 한 수가 꿈결에 지은 시와 비슷했다. 사흥은 이 시를 꿈에서 받아볼까, 현실에서 받아볼까? 매화꽃은 볼 수 있을까, 볼 수 없을까? 궁금한 생각에 답을 적어서 천 리 먼 곳의 나에게 한바탕 웃을 만한 글을 띄워주길 부탁한다.

九月二十一日曉夢 庭中有大梅樹 開花甚盛 望之如雪 或有因風墜地者 忽憶士興兄弟久在遠不相見 手折一枝 賦詩爲寄 沈吟得一句日 萬點風吹思殺人 覺其犯老杜語 欲改而覺室前霜月朗然 意甚悵悵 遂就前語成一絶 殆猶夢語也 不知此詩到日 士興當作夢會作非夢會 當作得花看 當作不得花看 請各下一轉語 以發千里一.

옛시 가운데는 김창협의 이 시처럼 시를 짓게 된 까닭을 담은 제목을 앞에 내세워 시의 본문보다 훨씬 긴 경우가 가끔 있다.

단풍 붉은 산길 걸으며

장초

초록 나무에 누가 단청을 칠했나
옥빛 하늘 흰 구름에 맑은 향 깊다
술에 취한 조물주가 붓 휘어잡고
봄인 줄 알고 잘못 그렸나 보네

山行詠紅葉

蔣超

誰把丹靑抹樹陰
冷香紅玉碧雲深
天公醉後橫拖筆
顚倒春秋花木心

『홍당무』의 작가 쥘 르나르는 '가을 산이 붉은 이유'를 "민첩한 점화부點火夫 다람쥐는 꼬리로 작은 횃불을 들고, 나뭇잎들 사이를 이리저리 내달리며 가을에 불을 놓고" 있는 때문이라고 썼다. 횃불 든 다람쥐가 겁 많은 눈을 동그랗게 뜨고 숲속 이곳저곳을 부지런히 돌아다니며 불을 놓는 광경이 재미있다.

　쥘 르나르는 그러나 몰랐다. 다람쥐가 불 놓은 게 아니라 조물주가 술에 취해 몽롱한 중에 불어오는 이 바람을 봄바람인 줄 알고 이 땅의 풍경을 잘못 그린 것이라는 비밀을.

　아니다. 어쩌면 술 취한 조물주가 취한 몸 일으키지 못해 채 완성하지 못한 붉은 배경의 풍경화를 다람쥐에게 마무리하도록 시킨 것인지 모른다. 조물주가 시켰든 다람쥐가 스스로 벌인 일이든, 가을 붉은 단풍 든 산길은 아름답다. 하던 일 모두 멈추고 파란 하늘 한번 바라보고 길가의 나무들이 지어내는 온갖 빛깔 단풍에 한껏 취해볼 일이다.

　이 가을, 새파란 하늘을 떠돌다가 붉게 물든 단풍 숲 위로 지친 듯 내려오는 흰 구름이 더불어 아름답다.

바위 곁 세한삼우

김정희

짙은 빛깔의 모란에서 옅은 난초까지
사람도 풀도 모두 시들어갈밖에요
그대 집에 있는 신비의 금강저 들고
가슴속의 큰 산을 푸르게 그립니다

삼백 년 넘도록 돌의 동무 됐지만
중소 지난 뒤로는 찾는 이 없어요
도도하게 솟아오른 구름 한 조각
그림 위로 하늘 기운 드러냅니다

끝없이 이어지는 천만 개의 돌무지
사는 곳 따라 제 모양 바꾸지요
바위처럼 굳은 맹세 따르지 못한다면
세한삼우라도 거친 재목에 다름없어요

爲彝齋題黃山畫石
金正喜

濃寫牡丹澹寫蘭

美人香草摠闌珊

君家自有金剛杵

五嶽胸中試碧岏

三百年來石知己

情知仲詔後仍無

亭亭一段青雲片

專仗天機入畫圖

石藏無盡萬千堆

靈壁仇池變相來

但教石盟如石固

歲寒三友亦虀材

세상의 모든 생명에는 명암과 농담이 있다. 짙은 빛깔로 피어나는 작약 모란이 있는가 하면, 순백의 색깔로 피어나는 목련이 있다. 겨울에도 진한 향을 품고 피어나는 꽃송이가 있으면, 향기 없이 담백하게 피어나는 꽃송이도 물론 있다. 살아 있는 숱하게 많은 것들이 가진 자기만의 빛깔과 향기는 제가끔 서로 다르다. 밝고 어두움이 있는가 하면 짙고 옅음이 있게 마련이다.

세상살이의 변화를 바라보는 지혜는 어디에서 오는가. 돌멩이처럼 바위처럼 굳은 맹세로 한평생 살아간다는 게 부질없는 일일까. 나이 들고 흰머리 늘어가니 젊은 날의 기억들이 사뭇 서글퍼진다. 생로병사의 굴레 속에서 내가 지나온 이 세상에서의 모든 날들을 하나둘 짚어본다.

그리고 한자리에 오롯이 서서 천 년을 살아온 큰 나무를 바라본다. 나무줄기 안쪽이 썩어 텅 비었지만 예전과 다름없이 나무는 온 가지에 초록 잎을 무성하게 틔웠다. 껍질만 남은 늙은 나무 한 그루가 보여주는 생명의 신비이자 바위처럼 견고한 생명의 맹세다. 어지러운 이 땅에 살아가며 꼭 한번 돌아보아야 할 사람살이의 지혜가 나무 안에 담겼다. 한 그루의 나무 앞에서 끌어올리는 생명의 화두다.

추사 김정희도 그랬다. 세 살 위이며 절친하게 지낸 권돈인을 위해 추사는 황산의 바위 그림을 노래했다. 바위처럼 굳은 맹세 없다면 제아무리 매서운 추위 속에서라도 푸른 잎을 떨구지 않는 소나무 잣나무, 그리고 눈 속에서 꽃 피우는 매화라 해도 거친 재목에 지나지 않는다고 했다.

추사는 귀양길에 오르면서 권돈인에게 〈모질耄耊〉이라는 그림을 그려 건넸다. 권돈인은 〈세한도歲寒圖〉로 화답했다. 추사는 자신의 〈세한도〉에 소나무와 잣나무를 그렸지만, 권돈인은 소나무 대나무 매화를 그리고 이를 세한삼우歲寒三友라 했다. 권돈인의 세한삼우를 떠올린 이 시에서 추사는 훌륭한 나무라 해도 바위의 굳건함에는 못 미치리라 했다.

둘째 수의 중소仲詔는 돌을 매우 좋아했다는 명나라의 문인화가 미만종米萬鍾을 가리킨다. 미만종은 '미법산수米法山水' 화풍의 시조인 미불의 후손이다. 미불은 돌에게도 절을 할 만큼 자연의 모든 사물을 숭배한 것으로 알려진 송 4대가의 한 명이다. 셋째 수에는 '영벽'과 '구지'라는 지명이 나오는데, 모두 좋은 돌이 많이 나는 유명한 지역이라고 한다.

겨울 솔숲

박지원

북악은 높고 아름다우며
남산 솔숲은 검푸르게 빛난다
송골매 문득 숲을 지나는데
학 우는 하늘빛 푸르다

極寒

朴趾源

北岳高戌削

南山松黑色

隼過林木肅

鶴鳴昊天碧

사실 우리 산에 소나무가 많이 자라는 건 숲 생태로 보아 자연스러운 일이 아니다. 숲의 자연스러운 천이 과정에 따르면 소나무는 척박한 땅에 들어와 먼저 숲을 이루지만, 차츰 넓은잎나무들이 소나무 사이에서 자라기 시작하면 생존경쟁의 위기를 맞이한다. 생존을 위협받는 어려운 시기를 맞이하지 않기 위해 소나무는 처음부터 뿌리 근처에 다른 식물들이 살지 못하도록 독을 뿜어낸다. 소나무 근처에서 다른 식물이 자라는 걸 보기 어려운 까닭이다.

소리 없이 이뤄지는 솔숲의 치열한 앙다툼 속에서도 끈질기게 자라는 나무가 있다. 신갈나무를 비롯한 참나무 종류의 나무들이 그렇다. 잎이 유난히 넓은 신갈나무는 소나무 뿌리가 뿜어내는 독과 햇살을 가리는 그늘의 악조건 속에서 애면글면 뿌리를 내리고 무서운 속도로 자란다. 광합성을 할 수 있는 잎이 넓어서 지어내는 영양분도 많은 덕이다.

마침내 신갈나무가 소나무와 공정하게 경쟁을 할 수 있을 만큼 몸피를 키웠다면 승부는 이미 끝난 셈이다. 소나무는 도리 없이 오래 지켜왔던 터전을 신갈나무에게 물려주고 숲에서 떠나야 한다. 자연스레 숲은 활엽수림으로 바뀐다. 자연스러운 숲의 천이 과정이다.

그러나 우리 숲은 사람의 개입으로 이 자연스러움을 거슬렀다. 오래도록 소나무를 좋아했던 때문이다. 선비가 꼭 갖추어야 할 덕성 가운데 으뜸인 절개의 상징이 소나무였다. 소나무를 사람만큼 혹은 사람을 뛰어넘는 귀한 대상으로 여겼다. 소나무를 베는 걸 국가적으로 금지시킬 정도였다. 반대로 소나무 그늘에서 어렵사리 싹 틔운 도토리 나무들, 즉 참나무 종류는 마구잡이로 잘라내 땔감으로 쓰도록 내버려뒀다. 마침내 우리 산에서는 참나무 종류보다 소나무가 비정상적으로 우월한 세를 이루었다. 선비들이 많이 모여 있던 한양 땅을 굽어보고 웅크린 서울 인근의 산에서는 더 그랬다.

연암 박지원이 북풍한설 몰아치는 매서운 추위의 한겨울에 바로 그 서울의 숲을 바라보며 시를 지었다. 추위에 얼어붙어 검은빛을 띤 소나무 위로 송골매가 비상하자 소나무에 깃든 학이 운다. 겨울바람에 하늘은 쩽하고 깨질 듯 파랗다.

소매 가득 맑은 향기

서거정

굳게 닫힌 대문에 이끼가 반 넘어 오르고
깊은 그늘 드리운 큰 나무에 석양 걸렸다
대지팡이 짚고 한가로이 꽃 핀 언덕 거닐다가
소매 가득 맑은 향기 안고 천천히 돌아온다

門掩

徐居正

門掩苔痕半上扉
陰陰高樹逗斜暉
閑拖健竹巡花塢
滿袖淸香緩步歸

이끼가 반 넘어 오르도록 문을 닫고 산다는 건 대관절 어떻게 사는 걸까. 얼마나 긴 세월을 홀로 숨어 살았기에 굳게 닫힌 문 위로 이끼가 올랐다는 이야기인지 가늠되지 않는다. 문 앞에는 큰 나무 한 그루, 나무에 석양이 걸리면 풍경은 얼마나 쓸쓸해질까. 석양에 나무 아니라도 이 땅의 모든 저녁 풍경은 마냥 쓸쓸하기만 하거늘.

그래도 숨어 사는 선비, 은사隱士의 삶은 별다를 게 없다. 여느 날처럼 은사는 한가로이 지팡이 짚고 꽃밭 곁을 천천히 거닌다. 돌아오는 길에는 제 몸 한가득 꽃향기가 담긴다. 아무리 짙은 꽃향기라 할지라도 그걸 소매 가득 품어 안을 수 있는 건 아무나 할 수 있는 게 아니다. 더없이 한가롭고 깊은 곳에 숨어 사는 은사만이 지어내는 향긋한 사람 내음이 있어서다. 그런 참사람의 향기가 그리운 시절이다.

자연과 더불어 사는 삶을 노래하는 데에 유난히 뛰어난 시인 서거정의 다른 시 가운데 빼놓을 수 없는 걸작이 있다. '솔바람松風'이라는 제목의 칠언절구다.

골짜기 한가득 돌다리 스치는 솔바람
맑은 소리 끊겼다 이어졌다 가을 강 울린다
절집에서 묵는 이 밤에 바람 소리 좋다
반은 허공을 맴돌고 반은 창으로 들어선다

滿壑松風灑石矼
寒聲斷續響秋江
上方一夜淸宜耳
半在長空半在窓

　가을밤, 골짜기를 가득 채우는 바람이 있다. 소나무 가
지에 부는 솔바람이다. 시인은 귓전에 스치는 솔바람을 그
냥 바라보기만 했다. 그 바람의 절반은 허공을 맴돌도록
바라만 본다. 그러나 허공을 맴돌던 솔바람의 다른 절반
은 소리 되어 창문에 닿고 이내 창문 넘어 삽상한 기운으
로 들어선다. 바람 소리가 좋다. 적막한 절집이어서 소나무
도 바람도 모두 상쾌하기만 하다.

소나무 우거진 연미정에 올라

성현

검푸른 바닷물 제비 꼬리마냥 나뉘고
거센 물결은 돌아가는 배 밀쳐낸다
높이 솟은 돌담은 넓은 하늘에 다다르고
늘어선 늙은 소나무 울울창창 푸르다
숱한 선지식들 즐겨 찾은 정자였건만
세월 지나자 바람 이슬만 서늘하다
술병 다 비울 때까지 한껏 취하리라
아득히 사라질 잠깐 세월 지나기 전에

與點馬差使兩員遊燕尾亭

成俔

碧水中分燕尾長
驚濤接海送歸航
石臺百尺臨空闊
松樹千株化老蒼
當日衣冠幾登眺

今來風露暗淒涼

憑君須盡樽中酒

回首茲遊亦渺茫

　제비 꼬리라는 이름의 옛 정자 연미정에 올랐다. 인천시의 부속 섬 강화도에 들어서려면 지나쳐야 하는 갑곶나루 甲串津 가까이에 있는 정자다. 군사 지역으로 묶여 한동안 출입이 금지됐다가 최근에야 일반인의 출입이 허가됐다. 가까이 있지만 찾아들지 못했던 곳이다. 문 열린 연미정에 들기 위해서는 정자 앞길의 철조망을 지키는 군인들에게 신분증을 맡겨야 한다. 오래전 시인들의 정취를 만나려면 감수할 만한 일이다. 하나의 나라를 둘로 쪼개놓고, 서로를 헐뜯으며 살아가야 하는 날들이거늘.

　옛 시인이 연미정에 올랐던 그때로부터 긴 세월 지났다. 그때처럼 나무가 많지도 않다. 세월의 자취를 거슬러 살아남은 건 정자 곁의 느티나무다. 시인이 동무들과 연미정에 올라 시를 읊던 때는 주변에 늙은 소나무가 울창했던 모양이다.

옛사람들이 놀던 풍경을 떠올린 시인 성현은 세월의 무
상함을 노래했지만, 지금 다시 성현의 시를 보며 연미정에
오르면 시 속의 소나무 천 그루가 사라져야 했던 세월의
풍진을 더 깊이 느끼게 된다.

꽃 심다

이규보

꽃 심을 땐 안 필까 걱정하고
꽃 피니 시들까 시름한다
피고 지는 게 모두 근심이니
꽃 키우는 즐거움 알 수 없네

種花
李奎報

種花愁未發
花發又愁落
開落摠愁人
未識種花樂

근심 없이 살 수 있는 세상을 꿈꾼다. 꽃을 심고 키울 때의 심사도 그렇지만, 나무를 찾아다니는 심정 또한 매한 가지다. 나무를 잘 보기 위해서는 때를 맞추어야 한다. 봄에는 꽃 필 때 찾아가야 하고, 가을이면 열매를 맺거나 단풍 들 때를 가늠해 찾아가는 게 좋다. 그러나 그게 마음대로 되지 않는다.

나무는 제 마음대로 그러나 당당하게 혹은 도도하게 제 삶을 살아갈 뿐이다. 사람의 시간에 맞추어 사람을 기다려주지 않는다. 꽃 피는 것도, 꽃 시드는 것도, 단풍 드는 것도, 낙엽 지는 것도, 나무를 찾아 다니는 것도 결국은 근심으로 이어지는 사람살이일 뿐.

몇 해 전 어느 봄날, 꽃 피었을 이팝나무를 찾아 남도의 어느 농촌 마을에 갔다. 만개한 이팝나무 꽃을 볼 수 있으리라 짐작하고 날짜를 잘 짚어 떠난 길이었다. 그러나 아뿔싸! 나무는 이미 낙화를 마쳤다. 전날 밤에 몰아친 봄비를 견디지 못하고 떨어진 게다. 흐드러지게 깔린 꽃송이들은 방금 떨어진 것처럼 싱그러웠다.

떨어진 꽃잎을 바라보며 아쉬워하는 내 곁으로 마을 농부 한 분이 다가왔다. 잠시 함께 안타까워하더니 혼잣말처럼 이야기를 건넸다. "올핸 꽤 일찍 피더니 간밤에 비를 맞고 죄 떨어졌네그려"라고 입을 열고는 다음엔 꽃 소식을 전해줄 테니 헛걸음하지 말라고 내게 말했다.

이듬해 봄, 농부가 이팝나무 꽃 소식을 전해주었다. 기다리지 않은 건 아니지만 뜻밖이었다. 허수로이 나눈 약속을 잊지 않고 꽃 소식을 전해준 농부의 마음이 고마웠다. 커다란 이팝나무에 꽃송이가 처음 피어나던 날 서둘러 전해준 소식이었다. 농부는 사려 깊게 만개가 예상되는 날까지 대략 짚어주었다. 농부가 전해준 꽃 소식을 들고 찾아가는 이팝나무 답사 길은 조급하지 않았다. 편안했고 즐거웠다.

　나무를 찾는다는 건 나무만 만나는 게 아니다. 사람과 더불어 살아온 나무를 온전히 만나려면 나무와 더불어 사람을 만나야 한다. 사람의 마을에서 살아가는 이 땅의 나무가 모두 그렇다. 나무는 사람과 사람 사이를 이어가며 우리 사는 세상을 더 아름다운 세상으로 일궈간다.

　다시 봄! 나무 곁에서 아름답게 늙어가는 농부의 꽃 소식이 기다려진다. 나처럼 그도 꽃 피어나기를 그리워하며 지금 이 시간, 나무 곁을 서성거리고 있으리라.

이른 봄 산에서 노닐며

이언적

길 옆 개울물 소리 들을수록 새롭고
숲 깊은 계곡에 봄 오는 느낌 좋다
산에 들어 세상살이 이치 찾아보니
진리는 아름다운 꽃에 스며 있었다

早春遊山

李彦迪

沿路潺湲聽更新
喜看林壑已回春
幽居俯仰探玄化
萬紫千紅目擊眞

회재 이언적의 서재 경주 독락당獨樂堂을 찾으려면 개울 물 소리 들을수록 새로운 길을 돌아 들어야 한다. 그래봤자 십 년 조금 지났지만, 처음 이곳 독락당을 찾았을 때만 해도 그 길의 개울물 흐르는 소리는 음전했다. 그러나 회재가 들을수록 새롭다고 노래했던 길옆 개울을 다시 찾았을 때는 여름 아이들의 물장구 소리로 왁자했다. 새롭다기보다는 번거로웠다. 고작 십여 년 만에 사람이 어우러지며 물소리는 사람 소리에 묻혔다.

독락당을 처음 찾은 건 그 집 뒤란에 우뚝 서 있는 조각자나무를 만날 생각에서였다. 십여 년 전이었다. 그때만 해도 나무 이름을 '중국주엽나무'라고 불렀다. 중국에서 들어온 주엽나무여서 그렇게 불렀다. 그 뒤 국가표준 식물목록이 정리되면서 차츰 우리의 식물 이름을 표준화하는 작업이 진행됐고, 중국주엽나무는 조각자나무로 통일됐다.

독락당의 조각자나무는 470년쯤 전에 이 자리에 독락당이라는 이름의 서재를 지은 회재 이언적이 중국에 사신으로 다녀온 친구로부터 받은 씨앗을 심어 키운 나무라고 한다. 한때는 무척 아름다운 나무였다고 하지만, 세월의 풍진을 이겨내지 못해 이제는 그 풍채가 많이 상했다. 큰 줄기의 중심 부분은 썩어 문드러져 사라지고 가장자리로 갈라지며 남은 두 개의 가지만 살아 있는 상태다. 가운데의 텅 빈 자리가 지나치게 허전하다. 썩은 부분을 메워준

외과수술 자국은 험상궂다. 흔하지 않은 나무로 너무 기대한 탓인지 안타까움이 컸다.

그 뒤로 여러 차례 독락당을 찾았지만, 조각자나무에 대한 인상은 바뀌지 않았다. 하지만 나무만 바라보던 그때 미처 느끼지 못했던 독락당 앞의 개울물 소리가 귀에 들어왔다. 개울물 소리는 그러나 차츰 사람 소리에 묻혀들었다. 그래서 물소리 들으며 좀 더 고요히 찾을 수 있는 독락당 주변의 옥산서원을 더 자주 찾은 듯하다. 서원 마당의 향나무가 이끌었는지도 모른다. 그러나 옥산서원이나 독락당을 생각하면 나무보다 먼저 떠오르는 건 하릴없이 개울이다. 이언적이 들을수록 새롭고, 봄 오는 기쁨을 느낄 수 있게 한다고 노래한 바로 그 개울이다.

개울가의 봄. 그때는 크고 작은 풀꽃들도 무성하게 피어난다. 그 작은 꽃 한 떨기에 온갖 생명의 진리가 담겼다는 옛사람의 여유로운 지혜가 한없이 부럽다.

흰 구름

이달

절 마당에 흰 구름 내렸지만
스님은 쓸어낼 생각 없다
나그네 찾아와 절집 문 열자
온 골짝에 송홧 흐드러진다

佛日菴贈因雲釋

李達

寺在白雲中
白雲僧不掃
客來門始開
萬壑松花老

구름 속에 자리한 절집이 신비롭게 그려졌다. 고요한 절집의 스님이 나그네를 맞이하기 위해 문을 여니 골짜기가 온통 송홧가루라는 신비로운 그림이다. 소나무가 많은 숲의 봄 풍경은 특별하다. 골짜기가 온통 송홧가루로 흐드러졌다는 표현은 봄의 솔숲에 알맞춤하다. 때로는 송홧가루가 노란빛 안개처럼 온 산을 뒤덮기도 한다.

소나무가 많은 우리네 산마을에서 흔히 볼 수 있는 풍경이다. 더구나 서쪽 바다 건너에서 불어오는 봄바람에 실린 자디잔 먼지들까지 한데 겹치기라도 하면 우리네 봄 하늘이 맑은 날은 그리 많지 않다. 송홧가루만이라면 산마을이 노랗게 보일 수도 있으련만 대개는 누렇거나 뿌옇기 십상이다. 다시 옛날 그 시절처럼 맑은 흰 구름 아래로 송홧가루 노랗게 흐드러지는 산 공기를 맞이할 수 있으면 좋으련만 되돌아가기는 쉽지 않으리라. 정말 그런 날로 다시 돌아갈 수만 있다면 나도 옛 시인처럼 흰 구름 쓸지 않고 그냥 바라만 보며 이 땅의 봄날을 평화로이 보내리라.

소나무 그늘에서

이서구

솔뿌리에 걸터앉아 책 읽는데
책 위에 솔방울 하나 툭 떨어진다
돌아가려 지팡이 짚고 일어서자
산허리에 구름 서서히 밀려든다

早秋歸洞陰弊廬。晩步溪上作
李書九

讀書松根上
卷中松子落
支筇欲歸去
半嶺雲氣作

흙 위로 드러난 소나무 뿌리에 걸터앉아 책을 읽는 선비의 모습이 눈에 선하게 그려지는 아름다운 시다. 저절로 떨어진 솔방울이 책 속에 들어온다. 책 읽고 솔방울 바라보며 여유로이 한나절을 보낸 시인이 집으로 돌아가려 지팡이 짚고 일어섰다. 문득 먼 산을 바라보자 구름이 산을 덮었다. 신선의 경지에 이른 풍경 묘사다.

더위를 이겨내는 여덟 가지 방법

정약용

하나, 나무를 깎아 바람 통하게 한다

옹수의 오동나무 늘어진 가지가 눈앞을 가리는데
고구의 몹쓸 나무 벨 때와 같은 하례 소리 울리네
천 겹의 번뇌를 탁 틔워 없애고
먼 길 열어 만 리 밖에서 부는 바람길 틔웠네
침상의 거문고 소리 온 산에 퍼지고
처마 끝 풍경은 살랑대며 맑은 소리 울린다
집 옆의 푸른 단풍나무를 남겨두어
서리 내리며 서서히 붉어지는 걸 바라보네

둘, 둑을 터서 물 흐르게 한다

하늘에 비 머금은 구름 가득하니
새벽에 일어나 삼태기와 삽으로 도랑 튼다
우리 안의 오리는 진흙 위에서 즐거이 놀고
웅덩이에 넘치던 물고기는 헤엄쳐 나온다
호리병처럼 좁은 통로에 물 흐르기 어렵더니

좀 지나자 구불구불 굽이치며 콸콸 흐르네
큰 강물도 서로 구슬 꿰듯 이어졌다 하는데
강물 파내자는 선비들의 상소는 우스울밖에

셋, 소나무 앞을 마루로 삼는다

고르게 펼친 가지 높이 치켜세운 소나무
추녀 앞에 우뚝 서서 짙푸른 그늘 짓네
창 앞의 허공으로 달님 맞이하기 맞춤하고
가지 끝 푸름은 구름에 덮인 산봉우리
훤히 트인 동쪽으로 밝은 빛 통하고
가지 늘어뜨린 서쪽 그늘에서는 절구질하기 좋다
네가 이곳에 올라 우두머리 된 걸 축하하니
나중에 대부 벼슬쯤이야 안 받아도 되리

넷, 처마에 넝쿨 올린다

오래돼 얽힌 줄기에 어린 넝쿨 가냘픈데

푸른 그늘이 바다처럼 긴 처마를 휘감는다
솔잎은 몇 차례 얽혀서 바람에 흔들리지 않고
말젖처럼 불거진 열매의 수액은 목 축일 만하다
빗방울 떨어질 때에는 높이 들어 올린 우산 되고
달 떠오르면 가는체에 소금 새듯 달빛 새어든다
한나라 사신이 이끌던 뗏목으로
산골 집의 더위 피하게 될 줄을 누가 알았으랴

다섯, 아이와 함께 서책 말린다

옛 책 가득한 정자가 수수밭 곁에 있어
바람결에 책 풀어헤쳐 널어놓으니
책장 흩뜨리며 불어오는 바람이 기쁘고
길어지는 해는 여러 쪽지들을 두루 펼친다
책 속에서 마른 반딧불이는 긴 세월 지났고
책갈피에서 살진 좀벌레도 바람 쐬러 나온다
옛사람의 쇄복에야 미치지 못할지언정
기억에 따라 서투르게 몇 줄 베낄 뿐이다

여섯, 아이를 모아 글 가르친다

소미의 역사책은 재미없어 싫으니
더울 땐 아이들에게 시편을 읽힌다
공들여 모은 글로 많은 시집을 펼치고
살림살이 셈법은 책 속 까만 줄에 담는다
으뜸가는 아이는 필묵을 주어 칭찬하고
옛시를 읽어 바른 글쓰기를 갈고닦으니
바로 정자를 세워 새로 벌이는 일인데
모두가 앎의 경지를 깨우칠 수 있으리라

일곱, 배를 타고 물고기 본다

낚시도 그물도 없는 두 척의 고기잡이배
각을 세운 뒤 서로 이어 맑은 강에 띄우니
물고기 뛰어오르는 게 보기 좋아
먼지떨이개 흔들며 물 따라 흘러간다
강물은 굽이굽이 막힘 없이 흐르고

달그림자는 활 모양으로 물속에 잠긴다
낚은 물고기 버들가지에 꿰어 늦게 돌아오며
콩밭에 이슬 흠뻑 내려도 걱정하지 않는다

여덟, 오목한 냄비에 고기 굽는다

북두칠성 자루가 남으로 흘러 이룬 냄비에
고기 잘게 썰어놓고 초저녁 기다리니
구름처럼 냄비 위로 김 솟아오르고
말 몰 때처럼 끓는 물이 솟구친다
푸른 솥의 진수성찬이 질펀해지고
권세가의 밥상이 나뭇꾼 앞에 펼쳐진다
예나 제나 먹는 일은 떠들썩해야 제격
나물만 먹던 평민들을 널리 초대한다

又消暑八事

丁若鏞

刳木通風

浧水梧枝翳眼中

鈷丘劀惡賀聲同

塵勞豁去千重障

天路遙開萬里風

掣動牀琴絲振嶽

鏘鳴簷鐸羽搖銅

唯殘側畔青楓樹

看取霜前盡意紅

決渠流水

餘雨餘雲滿太虛

晨興畚鍤導清渠

欣趨欄圈泥居鴨

好逝塘坳溢出魚

窄口葫蘆愁下斧

轉頭峴螺沛奔車

傳聞四瀆如珠貫

長笑東儒諫鑿書

拄松作壇

撐支偃蓋作高松

軒起前榮積翠濃

對立虛明迎月牖

上頭紺碧冪雲峯

東賽恰好通明庶

西韠兼須蔭下春

賀汝登壇做盟主

他年不受大夫封

升萄續檐

老幹交舒弱蔓纖

碧陰如海罩長檐

虬鬚累縮風難動

馬乳成漿渴可沾

雨點攔遮高捧傘

92

月光穿漏細篩鹽

誰知漢使乘槎力

解使山家辟暑兼

調僮曬書

秀水亭臨小酉房

縹衣披拂趁微涼

吹翻亂葉欣風迥

閱遍羣籤覺晝長

卷裏乾螢多歲月

穴中肥蠹始風霜

前人晒腹嗟何及

記性纔能寫硬黃

聚兒課詩

少微塾史若嫌遲

暑月詩篇例課兒

薈萃書能披白帖

輸贏算各界烏絲

時頒筆墨褒居首

且讀蘇黃要洗脾

此是春亭新體裁

都都平丈總能知

句船跳魚

無鉤無網兩漁船

直角相聯汎鏡天

自有喜魚跳滿席

不過揮塵坐隨沿

江流未礙彎環曲

月影仍涵句股弦

穿取柳條歸每緩

不愁多露豆花田

凹銚爇肉

北柄南流日本銚

倫膚細切待炎宵

輕雲始釀黃梅雨

高浪俄騰白馬潮

翠釜珍羞今淡泊

朱門豪舉到漁樵

從來此事嫌清寂

莧肚藜腸廣見招

정약용이 시로 제안한 더위를 이겨내는 법 여덟 가지다. '나무를 깎아 바람을 통하게 한다'는 첫 번째 피서법 '잔목통풍劉木通風'에서부터 소나무를 마루 삼고, 처마에 덩굴을 올리며, 서책을 말리고, 아이들에게 글을 가르치는 등 그야말로 선비다운 방법이다. 가만가만 그가 그려낸 풍경을 짚어보면 더 근사하다.

이를테면 다섯째 수인 '조동쇄서調僮曬書'에서 그는 책을 햇볕에 말리려 풀어 헤쳤는데, 책장을 흩트리며 불어오는 바람에 기뻐한다. 그야말로 서책을 가까이한 선비가 아니고서는 느낄 수 없는 피서법이다. 더불어 아이들을 모아 학문을 가르치며 기뻐한다고 이어간다. 다음 수인 '취아과시聚兒課詩'가 그렇다. 속도감 적은 역사책보다는 짧은 시편을 읽히는 게 여름 피서법이라고 했다. 잘하는 아이를 칭찬하며 글쓰기를 갈고닦는 일에서 앎의 경지를 깨우치면서 여름을 난다는 이야기다. 학자가 아니고서야 받아들여지지 않는 피서법이다.

그러나 더위를 피하기 위해서 빼놓을 수 없는 방법으로 잘 먹는 일을 꼽는 것은 누구에게나 마찬가지다. 무더위에 지친 몸을 돌보아 이겨내자는 뜻이다. 더위를 피하는 게 어렵다면 나 스스로의 몸을 강하게 일으켜 견뎌내자는 것이다. 예나 지금이나 더위를 이겨내기 위해 가장 중요한 일이다. 그런데 여기에 정약용다운 이야기를 덧붙였다. 먹는 일은 예로부터 홀로 몰래가 아니라 모두가 함께 나누어야 한다고 강조했다. 『목민심서』를 쓴 그다운 생각이라 하지 않을 수 없다.

정약용은 이 시 외에 '소서팔사消暑八事'라는 제목으로 또 한 편의 여름 무더위를 피하는 법을 노래했다. '더위를 피하는 여덟 가지 일'이다. 아무리 선비로서 더위를 이기려 해보지만, 그게 쉽지 않았다는 방증 아닐까 싶다.

다산 정약용은 여러 편의 시를 남겼는데, 대개는 비교적 여느 한시에 비해 분량이 길고, 시어들은 다소 어려운 편이다. 그래서 한글로 옮기고 우리 형편에 맞게 음미하기가 쉽지 않다. 그러나 어렵게라도 그가 표현하고자 한 내용을 알게 되면 한 시대를 풍미했던 지식인의 풍취를 느낄 수 있어서 좋다.

정약용은 특히 중국의 시풍을 따르기보다는 조선에 맞는 우리만의 문장을 써야 한다고 주장했으며, 또 현실에 대한 문제의식이 치열한 좋은 시를 많이 남겼다. 여름 무더위를 피하는 법을 쓴 이 시편이 그의 문학 성향을 대표한다 할 수는 없지만, 여름을 보내는 지식인의 지혜를 짚어보게 한다. 자연에 기대어 더위를 식히는 법을 이야기할 뿐 아니라, 백성을 헤아리는 선비로서의 마음까지 표현했다.

이 시에 등장하는 어려운 표현 몇 가지를 짚어본다. 첫째 수의 1행 '옹수澠水'는 강 이름이기는 한데 어떤 강인지 정확히 알 수 없다. 2행의 '고구皐丘'는 중국 영주부에 있는 고무담 서쪽의 경치가 매우 뛰어난 작은 언덕을 가리킨다.

이 언덕은 특히 당나라 때의 시인 유종원이 자주 찾았다는 고사가 전한다. 정약용도 그 고사를 떠올리며 이 시를 지었다.

둘째 수 '결거류수決渠流水'에도 어려운 표현이 있다. 7행의 '사독四瀆'이 그렇다. 사독은 양자강 황하 회수 제수 등 중국의 네 개 큰 강을 말한다. 그래서 그냥 알기 쉽게 '큰 강'으로 옮겼다.

소나무를 이야기한 '주송작단拄松作壇' 7, 8행에는 난데없이 벼슬 이야기가 나온다. 이는 진시황이 태산에 올랐다가 소나무 밑에서 비바람을 피하고는 소나무에게 오대부五大夫라는 벼슬을 내린 고사를 떠올린 것이다. 산의 우두머리인 소나무가 고작 오대부 정도의 벼슬은 받지 않아도 좋으리라고 했다.

넷째 수 '승도속첨升萄續檐'의 7행 '수지한사승사력誰知漢使乘槎力'은 한무제 때 사신 장건이 뗏목을 타고 다녔다는 이야기를 끄집어 온 것이다. 덩굴나무의 넝쿨이 마치 장건이 타고 다니던 뗏목처럼 엮였는데 더위를 피하기에 알맞춤하다는 이야기다.

다섯째 수인 '조동쇄서調僮曬書' 1행에 나오는 '소유방小酉房'은 중국 소유산의 동굴에 옛 책이 천 권 넘게 있었다는 고사를 떠올렸고, 7행의 '쇄복曬腹'은 햇볕에 배를 내놓고 쬐는 것을 말하는데, 한 선비가 배를 내놓고 누워서 자신은 '배 속에 든 서책을 쬐는 중'이라고 했다는 이야기를 빗

댄 표현이다.

여섯째 수 1행 '소미숙사少微塾史'는 송나라 때의 은사 소미가 지은 『통감절요通鑑節要』를 가리키고 3행의 '백첩白帖'은 '백공륙첩白孔六帖'을 줄여서 쓴 말로 책이 많은 상황을 그린 표현이다. 맨 뒤의 '도도평장都都平丈'은 『논어』의 욱욱호문郁郁乎文을 도도평장으로 잘못 읽는 무식함을 비유한 표현이다.

일곱째 수 '구선도어句船跳魚' 4행의 '주미麈尾'는 고라니 꼬리로 만든 먼지떨이개를 말한다.

끝으로 여덟째 수 '요요설육凹銚爇肉' 1행의 '북병北柄'은 북두칠성의 냄비 자루 부분을 가리키는 말인데, 고기를 구우려는 냄비 자루를 말한다. 3행의 '황매우黃梅雨'는 매실 익을 즈음의 장맛비를, 4행의 '백마조白馬潮'는 백마가 일으키는 물결을 말하는데, 모두 냄비의 물 끓는 모습을 비유하기 위해 쓴 표현이다.

솔바람 소리

최충

뜰에 내려앉은 달빛은 연기 없는 촛불
방 안에 스미는 산빛은 초대하지 않은 손님
악보 없이 연주하는 소나무의 거문고 가락
누구에게도 전할 수 없어 그저 소중히 여길 뿐

絶句

崔冲

滿庭月色無煙燭
入座山光不速賓
更有松絃彈譜外
只堪珍重未傳人

사철 푸른 잎을 가졌다 해서 소나무를 지조와 절개의 상징으로 여기는 건 아직 소나무를 잘 느끼지 못한 것일 수 있다. 소나무 가지와 푸른 솔잎에 스민 소리를 들어야 한다. 줄기에서부터 휘어들며 솟아오른 소나무 가지에 푸릇하게 돋아난 솔잎. 그 가는 잎에 바람이 닿는다. 솔잎이 가만히 소리를 낸다. 귀 기울이지 않으면 들을 수 없는 소리다. 주어진 악보가 없지만, 솔잎에 닿은 바람 소리는 신비로운 음악이다.

소나무를 예찬한 시 가운데는 물론 절개와 지조의 상징으로 소나무를 배치한 경우가 많지만, 그 못지않게 자주 나오는 건 소나무를 통해 느낄 수 있는 소리다. 송도松濤라 부르는 솔바람 소리는 물론이고, 소나무 가지 스치는 바람 소리를 거문고의 신묘한 소리에 빗대는 경우도 많다. 최충도 악보에 없는 곡조, 즉 자연이 빚어내는 음악을 거문고 소리처럼 고아하게 흘려내는 게 소나무라고 노래했다. 소중하고 귀한 이 소리는 다른 누구에게 전할 도리도 없지만, 그럴 수 있다 해도 아무에게나 알리지 말라고 덧붙였다.

한가로이 노래하다

정온

매실나무 잘 키워 매화꽃 보고
소나무 길러 솔바람 소리 들으며
대나무 키워 삽상한 그늘에 들고
국화 길러 떨어지는 꽃을 먹는다
오래도록 잘 키우는 법 물으니
나무 곁 덤불부터 잘라내라 하네
마음 기르는 것도 마찬가지 아닐까
욕망의 싹부터 잘라내야 한다
허나 욕심 버리기 쉽지 않으니
하릴없이 늘 깨어 있는 수밖에

閑中雜詠

鄭蘊

養梅見冷蕊
養松聞風聲
養竹蔭淸陰

養菊餐落英

問之何能養

莫若剪榛荊

養心何異此

先除私欲萌

除欲豈徒爾

妙法在惺惺

매화꽃 보려면 매실나무를 길러야 하고, 솔잎에 스치는 바람 소리를 들으려면 소나무를 키워야 한다. 삽상한 대나무 숲 그늘에서 여름 더위 식히려면 대숲을 지어야 하고, 밥상 위에 국화 꽃잎 올리려면 국화꽃 가꿔야 한다.

꽃잎 하나 바람 한 줄기 그늘 한 줌, 어느 것 하나 저절로 주어지는 건 없다. 저절로 흐르는 게 자연이라 말들 하지만, 자연의 생명만큼 제 앞의 사정에 치열하게 맞서는 것도 없다.

나무가 건네주는 바람 소리는 자연의 결기 어린 생존의 결과다. 자연 앞에 맥없이 스러지기 십상인 사람에게 그의 바람 소리가 언제나 살갑고 서늘한 까닭이다. 곁에 서 있는 나무가 건네주는 바람 소리는 그래서 언제나 아슬아슬한 삶의 고비를 넘어선 기쁨의 소리이고, 생명의 울림이다.

옛 시인이 그랬다. 매화 소나무 대나무 국화를 한가로이 바라보며 자신이 지나온 울분의 세상살이를 돌아보았다. 나무를 바라보며 세상살이를 평온하게 지낼 수 있기를 바라는 마음이다. 잘 키우고 싶었다. 사람들이 말했다, 나무 곁에서 사람을 방해하는 가시덤불부터 잘라내라고.

돌아보니 사람의 마음도 사리사욕이 크게 자라기 전에 싹부터 잘라내야 한다. 그러나 늘 깨어 있지 않으면 욕심은 버리기 어렵다며 스스로를 삼가야 한다고 했다. 평범하지만 결기가 가득 담긴 냉혹한 시다.

침묵의 소리를 보다

혜심

솔바람 솔솔
시냇물 졸졸
새벽 달빛에
두견새 울음 더한다

夜坐示衆
慧諶

吟風松瑟瑟
落石水屛屛
況復殘月曉
子規淸叫山

아침 이슬 반짝이는 새벽 숲길을 걷는다. 아직 숲에서 잠들었던 짐승들이 곤한 잠에서 깨어나기 전이다. 발길에 스치는 풀잎들은 어느 틈에 신발 코 위에 물방울을 내려놓는다. 흙 묻은 신발에 맑은 물방울이 스며든다. 바짓가랑이도 함께 젖는다. 온몸에 숲의 향기가 차오른다. 지난밤 바람이 잦아든 듯했지만, 아직 숲을 빠져나가지 않은 한 오라기 바람이 숲길에 우뚝 선 나뭇가지 위 잎사귀를 흔들며 솨아 소리를 보내온다. 상큼하다.

새벽 숲은 눈으로 보는 것만으로는 모자라다. 걷다가 잠시 멈춰 서서 눈 감고 코를 간질이는 향기의 정체를 탐색해야 한다. 여러 꽃과 나뭇잎, 돌과 흙, 나무뿌리와 이끼가 뭉뚱그려진 속에서 근원을 이룬 향기의 정체를 찾아낼 수 있다면 새벽 숲 산책의 묘미가 더 깊어진다.

숲 향기에서 꽃의 향기를 바라보고, 꽃향기를 스치는 나뭇잎 내음을 손으로 잡아본다. 머뭇거리며 걷다 보면 어느새 부지런한 산새가 나그네를 뒤따르며 조심스레 반가운 울음 운다. 숲에서 생명의 하루가 시작된다.

새벽 산에 든 옛 시인도 그랬다. 시인은 초록 숲에서 소리를 그려냈다. 다른 건 빼고 오로지 소리만 그려냈지만, 숲이 다 보인다. 홀로 앉아 산중의 뭇 생명을 바라보려고 시인은 눈을 감았다. 제목에서 바라본다는 뜻의 '시示'를 제시한 건 절묘했다. 본문에는 바라보아야 할 시각의 대상이 하나도 없다. 모두가 들어야 할 청각의 대상뿐이다. 시각과 청각의 기묘한 결합이다.

소나무 가지를 스치는 바람 소리를 거문고 소리라든가 천상의 소리 혹은 태초의 소리로 신비화한 옛시가 많이 있지만, 여기서는 들리는 그대로 표현했기에 더 생생하다.

진각국사 혜심 스님의 자취를 찾은 적이 있다. 전라남도 화순의 절집 만연사에서였다. 광주 무등산에서 수도를 마치고 순천 송광사로 돌아가던 만연 선사가 이 골짜기에 서린 경이로운 기운에 감동하여 창건한 절집이다. 혜심 스님이 이 절집에 주석하셨던 적이 있었나 보다. 그게 팔백 년 가까이 지난 시절이다. 이때 스님은 만연사의 창건을 기념하며 전나무 한 그루를 심었다고 한다. 스님은 떠났지만, 나무는 스님의 자취를 안고 살아서 27미터 높이의 큰 나무로 자랐다. 스님은 나무를 심고 나무는 스님 되어 남았다.

숲 살 림

봄날

목만중

온누리에 꽃 피어나지 않으면
어찌 사람을 취하게 하겠는가
옷깃에 꽃샘바람 찬 기운 스며도
바보처럼 새봄은 이곳에 머물러라
눈 나린 듯 환한 곳에 홀로 앉으면
아침 비에 젖은 흙 정겹다
해마다 찾아오는 봄이건만
이 봄 풍경은 하냥 새롭다

春日

睦萬中

不有花如海

那能醉殺人

寒猶欺白袷

痴欲住靑春

坐處明似雪

朝來雨浥塵

年年每到此

當景輒如新

　온누리에 봄빛 화사해지면, 설레는 마음 걷잡을 수 없다. 성정이 어린 탓이겠다. 노루귀 복수초 얼레지 등 낮은 땅에 납작 엎드린 채 아직 찬 바람 맞으며 재우쳐 피어나는 봄꽃들 맞이할 생각에 그렇다. 바람 차가워도 앙증맞은 봄꽃 맞이하러 길 위에 올라야 한다.

　봄이라고 해서 늘 따사롭고 풍요롭기만 한 것은 아니다. 이 땅을 가득 채우는 먼지투성이의 더러운 바람은 물론이고, 설레는 마음을 일쑤 가로막는 꽃샘바람은 겨울바람 못지않게 차갑다. 살을 엔다. 나무들이 감싸 안은 숲에 들어서도 마찬가지다.

　길섶에서 한 포기 풀꽃을 만나면 어김없이 작은 꽃잎에 눈 맞춤하려 바닥에 납작 엎드려야 한다. 두꺼운 옷 사이로 파고드는 추운 땅기운이 그대로 느껴지지만 미동도 하지 말고 숨죽여 꽃송이에 눈길 맞추어야 한다. 숨은 느릿

느릿 쉬어야 하고, 고개는 바짝 쳐들어야 한다. 때로는 찬 흙에 턱을 고여야 할 때도 있다. 저 작은 꽃송이 앞에 경배하듯 오체투지로 엎드려 봄을 노래한다. 젖은 흙이 정겹다. 그리고 봄꽃과 함께 노래한다. 봄은 이곳에 머물러라. 겨울까지 오래오래 머물러라.

숲 살림

정학연

담쟁이 옷에 난초 허리띠 두르고
개울가 나무 곁에 살고 싶어라
화단에 솟은 파초 잎 부채 삼고
길 덮은 푸른 이끼는 담요 되리라
비 내리면 낚싯대가 지팡이 되고
개울가에 걸터앉은 바위는 방석이다
갈대 붓에 봉선화 으깬 꽃즙 적시어
너른 오동잎 위에 숲 예찬가 적는다

天然具
丁學淵

蘿衣蕙帶稱如何
因樹爲居在澗阿
砌覆芭蕉搖扇易
徑添苔蘚鋪氈多
把竿衝雨當扶老

據石臨泉是養和

按碎鳳仙沾荻筆

拾將梧葉寫隱歌

마당 넓은 집, 아니 넓지 않아도 그냥 마당만 있으면 좋겠다. 비 오는 날에 걸터앉을 툇마루가 있으면 더 좋겠다. 기와지붕 아니라 함석지붕이어도 좋다. 처마 끝에서 떨어지는 낙수 소리만 들을 수 있다면 좋다. 한가로이 비 오는 낮 시간을 보낼 수 있다면 좋으리라. 꿈이다. 살아서 이룰 수 있을지 알 수 없지만, 그냥 내려놓기에는 곁을 흐르는 이곳의 세상살이를 견뎌내기가 참 버겁다.

사람 적은 한적한 시골 마을에 들어가서 나무와 풀을 벗 삼아 짧은 시간이나마 평화로운 날을 보내고 싶다. 집 앞으로는 개울이 흐르고, 봄이면 개울가에서 아무렇게나 자라는 버드나무 잎으로 버들피리 불며 놀다가 여름 오면 조붓한 마당 가장자리에 심어둔 파초 잎으로 부채질하고, 가을이면 지는 오동잎 주워다가 이러저러한 세상살이의 소회를 적는다면, 그건 사는 동안 내가 얻을 수 있는 가장 큰 마지막 기쁨이리라.

달빛 아래 매화

이황

창가에 홀로 서니 밤빛 차갑고
매화 가지에 걸린 달 둥두렷
산들바람 다시 불러오지 않아도
온 집에 맑은 향기 절로 피어난다

陶山月夜詠梅

李滉

獨倚山窓夜色寒
梅梢月上正團團
不須更喚微風至
自有淸香滿院間

조선의 선비치고 매화를 좋아하지 않은 사람을 찾는 건 쉽지 않다. 만의 하나, 매화를 그리 좋아하지 않았다 하더라도 그걸 기록으로까지 남겨놓은 사람은 없다. 매화 아끼는 마음을 시로 혹은 산문으로 남긴 선비들은 무척 많다. 하고한 매화 애호가들 가운데 으뜸은 아무래도 퇴계 이황이다.

이황은 이승에서의 삶을 마치면서 마지막으로 "저 나무에 물 주거라"라는 말을 남겼다고까지 한다. 그 나무가 바로 매화였다고 기록은 전한다. 이황이 죽음 앞에서 바라보았던 그 매화는 마흔 즈음에 상처한 선생이 고독했던 시절에 선물 받은 나무다. 단양 군수 시절, 관기 두향이 화분에 담아 선물했던 매화였다. 이황과 매화의 각별한 인연은 매화를 이야기할 때 빼놓을 수 없다.

기생 두향의 연정을 담아서든 엄혹한 환경에서 꽃을 피우는 선비의 절조를 담아서든 매화는 오랫동안 우리 선비 정신의 상징으로 받들어졌다. 홀로 아득하게 풍겨오는 은은한 향과 늙어가면서 기품을 풍기는 고매를 바라보며 옛사람들은 특히 은사隱士를 떠올렸다. 까닭에 여태 남아 있는 옛 선비의 서재라든가 서원이나 향교처럼 선비들의 요람에서 품격 있는 매화를 볼 수 있다. 보태자면 오래된 절집도 좋은 매화를 볼 수 있는 자리 가운데 하나다.

그러나 아름다운 꽃을 많이 피우는 나무인 탓인지 매화는 다른 큰 나무에 비해 오래 살지 못한다. 우리나라에서 가장 오래된 매화로는 경남 산청 단속사터에 남아 있는 '정당매政堂梅'를 첫손에 꼽는다. 육백 년 정도 된 나무다. 그러나 나무는 세월의 풍진을 견뎌내느라 이제 기력을 다했다. 봄이면 여전히 꽃을 피우기는 하지만, 해를 거듭하면서 꽃송이의 숫자도 적어지고, 따라서 건강 상태도 부쩍 약해졌다.

'선암매仙巖梅'로 불리는 전남 순천의 고찰 조계산 선암사의 매화는 정당매 못지않게 오래된 나무다. 크기도 나라 안에서 가장 크고 생육 상태도 건강하다. 봄이면 많은 상춘객들이 나무 곁을 찾아와 이 큰 나무가 지어내는 봄의 향연을 즐긴다.

매화는 아주 조용한, 심지어 난초 잎 위에 이슬방울 구르는 소리가 또렷하게 들릴 만큼 고요한 곳에서 보아야 한다고 옛사람들은 말했다. 숨어 사는 선비의 상징으로 여긴 나무에 알맞춤한 풍광이다.

미어질 정도로 차고 넘치게 밀려드는 탐매객探梅客들로 선암사의 매화에서 은사의 이미지를 찾아내는 건 언감생심이 되고 말았다. 사진 몇 장 찍느라 나무 주변에 몰려드는 사람들의 숱한 발걸음에 나무가 몸살이나 하지 않으면 다행이겠다.

이 시는 매화를 노래한 퇴계 이황 선생의 시 가운데 꼭 되짚어 기억할 만한 좋은 시다.

봄꿈

한용운

꿈은 지는 꽃을, 지는 꽃은 꿈을 닮았는데
사람은 나비를, 나비는 사람을 어이하나
나비의 꽃이 사람의 꿈과 다를 게 없으니
해야! 이 봄 오래 이 땅에 머물게 하여라

春夢

韓龍雲

夢似落花花似夢
人何胡蝶蝶何人
蝶花人夢同心事
往訴東君留一春

봄 지나며 떨어지는 꽃잎을 바라보며 마치 사람의 꿈을 닮았다고 생각한 건 백 번 천 번 옳다. 꿈은 이뤄지는 게 아니라는 생각에서다. 우리말 문법에서는 표현 불가능한 시제이지만, 꿈은 '미래진행형'이다. 한 번도 가보지 않은 곳을 그리워하는 것과 꿈은 같은 이치다. 꿈은 완성형이 될 수 없다.

꽃잎 떨어지는 건 한살이를 마친 나무가 다시 새 생명을 잉태하겠다는 신호다. 새로운 생명의 대항해를 시작한다는 뜻으로 읽어야 한다. 그래서 늘 꿈을 안고 살아가는 사람은 나비가 꽃을 찾아, 혹은 생명의 신호를 찾아 날아다니는 것과 다를 게 없다.

그래도, 그래도 말이다, 지는 꽃은 언제나 서럽다. 새 생명을 위해 자신의 생명을 내어준다는 게 그렇다. 할 수 있다면 조금이라도 더 오래 우리 곁에 꽃이 머무르기를 기원하는 건 어쩔 수 없는 노릇이다. 봄볕 따사로운 햇살이 오래오래 이 땅에 남아 있으라는 바람은 누구에게라도 간절한 바람일 수밖에 없다.

한글로 된 글 가운데 만해 한용운의 글만큼 오랜 감동의 여운을 남긴 걸 나는 아직 모른다. 어린 시절 돼먹지 못한 방식으로 분석하고 외우기만 하던 시 「님의 침묵」은 사실 어려운 시험문제 때문에 늘 성가셨다. 하지만 나이 들어 다시 손에 든 시집 『님의 침묵』에 실린 편편은 하나같이 깊은 울림을 전해주었다.

어떻게 읽느냐에 따라서 감동이 다르게 다가온다는 깨달음은 나도 한창 골방에 파묻혀 글 한 줄 지어내느라 온 밤을 앓던 시절이었다. 그의 시를 있는 그대로 읽어야 한다는 생각은 그때 비로소 얻은 방식이었다. 시험문제에 대비해서 어떤 단어는 무얼 상징하는지 무작정 외야 했던 고등학교 때의 방식으로는 언감생심이다.

만해 한용운의 시를 있는 그대로, 어쩌면 내 마음대로 읽어갔다. 오독의 자유! 그 시절, 한용운의 시는 오독할 수 있는 범주가 한없이 넓었고, 오독을 통해 다가오는 감동의 물결은 끝이 없었다. 그래서 좋았다. 한없는 오독의 바다 끝에서 그의 한시를 읽었다. 미당 서정주가 맛깔스러운 한글로 옮긴 『만해 한용운 한시선』에서 시작한 새로운 감동의 경지다. 서정주는 이 선집에서 만해의 한시 「춘몽春夢」을 이렇게 옮겨 썼다.

꿈은 낙화 같고, 낙화는 꿈같으니
나비는 어찌하고 사람은 어찌하나
나비의 꽃, 사람 꿈이 매한가지니
같이 가서 해더러 한 봄만 더 남기라자

서정주답다. 서정주의 글을 어찌 따를 수 있겠는가만 마지막 행만큼은 좀 더 의연했어야 한다는 게 오독의 권리를 가진 독자로서 내 생각이다. 해에게 부탁하는 게 아니

라 명령하는 억양이어야 한다는 게 그동안 내가 만해의
시를 오랫동안 오독한 결과의 가르침이다.

안개 속에 떨어진 꽃

임유후

첩첩산중 산사 오르는 굽잇길 가파른데
그윽이 골짜기 덮은 건 안개인가 구름인가
봄이면 언제나 할 일 많아진다는 스님은
아침마다 문 앞에 진 꽃 쓸기 바쁘시다네

題僧軸

任有後

山擁招提石逕斜
洞天幽杳閟雲霞
居僧說我春多事
門巷朝朝掃落花

여름 숲을 걸으려면 일쑤 안개나 구름을 가슴에 안아야 한다. 땀방울도 빗방울도 여름 숲에서는 생경하지 않다. 가파르고 높은 산 아니어도 그렇다. 촉촉이 젖은 산길을 오르며 맞는 습기는 청량하다. 길 끝나고 다리쉼이 생각날 때쯤 나타나는 산사. 안개도 구름도 모두 거두고 창졸간에 환한 풍경이 더위에 지친 운수납자를 맞이한다. 울창한 여름 숲, 길 끝에서 마주치게 되는 한 올 기쁨이다.

시인이 걸었던 그때 그 산길에는 봄이 한창이었나 보다. 가파른 산길 끝에서 환해진 경관 안 절집의 스님이 분주하다. 떨어진 꽃잎 쓸어내기 바쁘다고 스님은 투정을 부린다. 아름다운 땡깡이다.

산사 스님들의 일상은 언제나 정갈하다. 이른 아침 긴 대빗자루로 절집 마당을 비질하는 스님들의 뒷모습은 얼음장같이 차가운 깨달음을 준다. 습관처럼 버릇처럼 이어가는 스님들의 아침 공양이다.

봄날 어느 아침, 절집 앞마당에 꽃잎이 떨어져 쌓였다. 날마다 아침이면 어김없이 대빗자루를 들고 나서던 스님으로서 특별히 바빠진 건 아닐 게다. 세월의 흐름 따라 스러지고 날리는 꽃잎 쓸어내기 바쁘다는 스님의 투정이 귀엽다. 좋다.

봄날의 스님은 더 바빠져라. 세상 모든 일 다 제치고 떨어진 꽃으로 바빠야 하는 날들 한번 맞이했으면 좋겠다.

산길 걷다가

김시진

꽃 한가로이 지는데 노래하는 산새들
오솔길 맑은 그늘 지나자 푸른 시내
앉아 졸다 일어나 걸으니 시구 떠오르지만
산중에 붓이 없어 온전히 적지 못하네

山行

金始振

閑花自落好禽啼
一徑淸陰轉碧溪
坐睡行吟時得句
山中無筆不須題

산을 오르다 길을 멈추고 멀리 능선이 내다보이는 길섶
에 주저앉았다.

불현듯 그의 안부가 궁금했다. 오랫동안 연락도 닿지 않
는 그의 전화번호가 아직도 내 전화번호부에 남아 있을
까. 해 넘길 때마다 버릇처럼 숱하게 많은 인연의 흔적들
을 수첩에서 지워버리는 중에 필경 그의 전화번호도 덜어
냈을 것이다. 아쉬워 버리지 않았다 하더라도 오래전에 그
의 전화번호는 바뀌었을 게다. 숲의 소리를 담아 띄우고
싶었던 안부 인사 대신 한 줄의 글월을 생각한다. 휘파람
새 서글픈 울음소리 따라 잘 익은 시 한 수 건져 올릴 듯
한 호젓한 풍광 살갑다.

숲의 풍광에 맞춤한 문장이 솟아오르는 듯 가슴 안쪽
이 뭉클한다. 옹알이하듯 마음 깊은 곳에서 올라오는 소
리를 적으려 한다. 그러나 마침 수첩도 연필도 챙기지 않
았다. 도리 없이 맑은 가을 하늘 위에 시를 쓴다. 파란 하
늘에 조심조심 써 올린 시 한 구절을 바람 타고 날아온
구름 한 조각이 말끔하게 지우고 지나간다. 구름 지나고
다시 파랗게 드러난 하늘에는 내 문장이 남지 않았다.

구름 떠난 그 자리에 다시 또 시 한 줄, 편지 한 줄 적으
려 마음 깊은 곳을 우련히 들여다본다. 그러다 가만히 길
섶 푸른 이끼 솟아오른 큰 바위 위에 머리 기대고 등걸잠
에 든다. 사람의 소리가 잦아들자 휘파람새의 노랫소리 다
시 삽상하게 온 산에 울린다.

강 마을 집에서

김병연

뱃머리에 물고기 뛰어오르니 은빛 찬란하고
문 앞에는 산봉우리 높이 솟아 옥빛 푸르다
창 앞으로 흐르는 물가에서 아이들 멱 감고
방 안에 날아든 꽃잎 따라 늙은 아내 향기롭다

江家
金炳淵

船頭魚躍銀三尺
門前峰高玉萬層
流水當窓稚子潔
落花入室老妻香

강 마을의 한가로운 봄 풍경이 아름답다. 강은 멱 감는 아이들로 법석이다. 봄볕 따사롭다. 곳곳에서 피어난 봄꽃들이 바람결에 살랑 나부낀다. 왁자한 아이들 소리와 따스한 봄볕을 탐색하느라 방 안 일에 분주한 늙은 아낙도 방문을 열어젖혔다. 작은 쪽문으로 꽃잎 하나 살포시 날아든다. 꽃잎 한 조각이 우주의 향기를 늙은 아낙의 쪼그린 어깨 위에 내려놓는다. 꽃잎 따라 사람이 향그러워지는 나른한 풍경이다.

　낙엽 하나가 어깨 위에 내려앉자 온 우주가 어깨에 내려앉았다고 쓴 시인이 있다. 설악의 시인이었을 게다. 바람, 나무, 꽃잎 그 작은 몸짓 나랫짓에서 우주의 이치, 삶의 향기를 찾아낼 수 있는 시인은 정녕 시대의 철인이다. 아름다운 사람살이를 권력이나 부에서가 아니라 한 줄 시구에서 찾으려 안간힘 해야 하는 까닭이다.

매화를 읊다

강희안

한 해 넘기며 뽀얗게 피어나고
보슬비 내리자 노란 매실 익는다
매실나무 한살이 살펴보자니
이르게 피어서 참 더디게 사는구나

詠梅題徐剛

姜希顔

白放天寒暮
黃肥雨細時
看兄一生事
太早亦遲遲

강희안의 『양화소록養花小錄』을 식물학 전공자들과 함께 읽은 적이 있다. 옛 책을 보다 꼼꼼히 읽으려는 생각에서 시작한 강독 모임이었다. 내가 스승으로 모시는 선생님도 함께해주셨기에 강독이라기보다는 우리는 모두 특강 수강생이 됐다. 『양화소록』을 선택한 것도 어쩌면 선생님의 가르침을 더 많이 받을 수 있겠다는 약은 생각에서였는지 모른다.

책을 읽으면서 우리는 강희안이라는 선비의 식물에 대한 생각에서 예상보다 많은 감동을 얻었다. 무엇보다 놀라운 것은 그가 자신의 글로 쓴 모든 식물을 손수 가꾸어보았음을 확인할 갖가지 증거들이었다. 재배와 관련한 특별한 기술이 발달하지 않은 시대였음에도 불구하고, 나무를 심고 키우는 그의 손길은 대단히 치밀했다. 뿐 아니라, 한 그루의 나무를 키우기 위해 자신이 찾아볼 수 있는 온갖 자료들을 그야말로 백과사전 뒤지듯 꼼꼼히 찾아낸 것도 놀라지 않을 수 없었다.

한글로 번역하기 어려운 경우도 적지 않았다. 중국에는 있지만 우리나라에 존재하지 않는 식물들, 그러나 기존의 번역서들은 중국의 그 식물과 비슷한 우리 식물로 옮겨두었다. 일쑤 헷갈리곤 했다. 원문을 함께 읽지 않는다면 이해하기 어려운 부분들도 많았다. 어떤 경우에는 지금의 상식으로 이해하기 어려운 원예 방법이 나오기도 했다. 전혀 식물분류학적 친연 관계가 아닌 두 종류의 나무를 서로

접붙여 새로운 품종을 만들어내는 것이 특히 그랬다. 이해하기 힘들었다. 그런 야릇한 사실들을 하나둘 짚어가며 꽤 긴 시간 강독을 이어갔다.

강독이 한창 무르익을 즈음, 우리는 『양화소록』에 제시는 됐지만 현재의 상식과 어긋나는 방식의 접붙이기를 손수 실험하기로 했다. 이 봄 지나고 가을 되면 그 나무에서 꽃이 피어야 한다. 원래 가을 되어 흰 꽃을 피우는 나무인데, 강희안의 방식대로라면 빨간 꽃이 피어야 한다. 우리도 그래서 빨간 꽃을 기다리기로 했다. 우리의 뜻대로 나무가 죽지 않고 살아남기만 한다면 올가을이 아니라 내년 가을이어도 좋다. 빨간 꽃! 강희안의 빨간 꽃이 기대된다.

매화를 노래한 이 시에서 강희안은 매실나무를 '형'이라고 썼다. 옛 시인들은 매실나무를 매형梅兄이라고 많이 썼다. 중국 송나라 때 강서시파의 한 사람인 황정견이 시 「수선화」에서 '매화는 형이다梅是兄'라고 쓴 게 시작이다. 옛사람들은 매실나무뿐 아니라 식물을 의인화한 경우가 많다. 대나무를 그대此君라고 부른 것이나 모란을 화왕花王이라고 부른 것이 그것들이다.

세상의 모든 살아 있는 것들을 사람과 똑같이 대접한 옛사람들의 슬기로움이 더할 나위 없이 고맙다.

봄날은 간다

송한필

밤새 내린 비에 꽃 피고
아침 바람에 그 꽃 진다
아스라이 봄날의 풍경이
비바람 따라 무르익었다 사라진다

偶吟

宋翰弼

花開昨夜雨
花落今朝風
可憐一春事
往來風雨中

언제나 봄은 소리 없이 다가와서 빠르게 스며든다. 봄의 속도를 더 또렷이 느끼려면 숲으로 가서 하룻밤쯤 머물러야 한다. 어지러이 피어나는 봄꽃들에 취해 온종일 숲을 쏘다니고는 지친 몸으로 곤히 밤잠을 이룬 뒤 아침에 일어나 다시 숲에 들어설 때. 그때! 바로 하루 전날 낮과 선명하게 달라진 아침 풍경을 한눈에 가름할 수 있다.

그래 봤자 딱 하루 전이다. 굳이 따지자면 오후에서 아침까지 고작 열 시간도 채 안 되는 짧은 시간이 지났을 뿐이다. 그 짧은 사이에 숲에 찾아든 봄의 빛깔이 달라진다. 허투루 짐작조차 할 수 없었다. 밤사이 숲에는 대관절 무슨 일이 벌어졌던 걸까. 새로 피어난 꽃 한 포기라도 놓칠까 안달하며 조심조심 헤치며 돌아본 지난 낮의 숲에서 보지 못했던 꽃들이 하얗게 노랗게 또는 빨갛게 올라온다.

밤 내내 이 작은 풀꽃의 곁을 지켰다면 생명의 꼬무락거림을 바라볼 수 있었을까? 그리 생각하면 지난밤의 곤한 잠이 아깝게 느껴지기도 한다. 그러나 안타까움보다 신비와 경이의 감정이 한발 앞선다.

다시 가벼운 마음으로 숲길을 걷는다. 밤새 다가온 봄기운으로 피어난 꽃들을 이윽하게 바라본다. 그러나 다시 이 숲을 찾아드는 바람에 진작 피었던 꽃들은 벌써 한 잎 두 잎 진다. 아스라이 봄날의 풍경이 비에 따라 다가왔다가 바람 따라 떠나간다. 봄은 소리 없이 다가오는가 하면 이내 떠나고 만다. 봄날이 그렇게 간다.

마지막 오동잎 지고

황진이

달빛 아래 오동나무 잎 다 지고
들국화 서리 맞고 노랗게 피었다
하늘 닿을 듯 높은 지붕의 정자에서
취하는 줄 모르고 술잔 이어간다
거문고 울음 따라 흐르는 물 차갑고
매화꽃 향기는 피리 가락에 스민다
밝아오는 아침에 임 떠나보내면
사무치는 그리움 물결처럼 끝없으리

奉別蘇判書世讓
黃眞伊

月下梧桐盡
霜中野菊黃
樓高天一尺
人醉酒千觴
流水和琴冷

梅花入笛香

明朝相別後

情與碧波長

이 땅의 가을은 오동나무 넓은 잎 따라 흘러간다. 바람에 나부끼며 공중에서 추락하는 오동나무 한 잎은 가을 풍경을 가슴에 새긴다. 추락하는 잎치고 서글프지 않은 건 없지만, 낙엽하는 오동잎의 풍광만큼 서글픈 건 다시없다. 세상살이의 시름을 모두 담아낼 만큼 너른 잎 때문이리라. 하물며 이별을 앞둔 밤 달빛 한아름 안고 떨어지는 오동잎이라니.

딸아이를 낳으면 심었던 오동나무는 잘 키워서 시집갈 때 장롱 한 채 지어준다고 했다. 빠르게 자랄 뿐 아니라, 가구재로의 쓰임이 좋기 때문이었다. 어차피 언젠가 떠나야 할 딸아이의 평안한 훗날을 기원하는 마음으로 키운 나무다. 오동나무는 처음 심을 때부터 필경 이별을 채비하며 심는 나무였다.

하여 우리네 뒤란에서 자라는 모든 오동나무에는 떠나보내는 마음이 깃들어 있다. 오동나무는 숲에서 저절로 자라는 나무보다는 마을 안에서 집집마다 사람이 손수 심어 키우는 경우가 더 많다. 먼 훗날의 이별을 채비한 사람들의 간절한 뜻을 담아 키웠다. 잎 지는 가을 오동나무가 더 서글퍼지는 이유다.

대학 시절, 한창 신이 올라 두들겨대던 장구의 통을 오동통이라고 했다. 오동통 장구는 귀하게 다루어야 했다. 여러 악기들 가운데 오동통 장구는 따로 보관했다. 삼십년도 더 된 일이지만, 오동통 장구로 하늘에 띄웠던 그때

의 오방진 가락이 그립다. 기약도 없이 서로를 떠나보낸 뒤, 오랫동안 다시 만나지 못한 그이들의 안부를 생각하며 황진이처럼 슬픔에 젖어볼까. 젊은 그 시절, 그때 그 사람들이 모두 그립다. 물결처럼 이어지는 그리움 깊어지는 가을 오후다.

벗에게

임억령

다시 또 봄 떠나보내는 옛 절 문 앞
빗발 따라 옷깃에 달라붙는 꽃잎 한 조각
돌아오는 길에는 맑은 향기가 소매 한가득
꽃잎보다 먼저 휘이 나서는 숱한 꿀벌들

示子芳

林億齡

古寺門前又送春
殘花隨雨點衣頻
歸來滿袖淸香在
無數山蜂遠趁人

다른 꽃은 몰라도 벚꽃만큼은 그렇다. 비 아니라 가늣한 바람 한 줄기에도 꽃잎이 하염없이 진다. 재우쳐 피었다가 서둘러 지는 벚나무의 개화 특징이다. 게다가 하늘하늘 날리는 꽃잎은 곧바로 땅에 내려앉지 않는다. 하염없이 하늘가에 머무르며 봄을 노래하고 춤추다 한 잎 한 잎 날아간다.

봄을 떠나보내는 것인지 벗을 떠나보내는 것인지 혼미하다. 떠나는 벗의 뒷모습이 아마도 떨어지는 꽃잎의 모습을 닮았던 것이리라. 벗을 떠나보내고 돌아오는 길에 지는 꽃잎에 묻어 있던 향기가 소매 가득 담겼다고 한다. 향기 짙을 리 없건만 철모르는 꿀벌들은 소매에 남은 향기를 찾아 사람보다 먼저 길을 막아선다.

봄은 그렇게 사람이 꽃이 되고, 벌이 꽃보다 사람을 먼저 찾아오는 계절이다. 다시 돌아올 봄, 새봄은 사람이 정말 꽃보다 아름다운 그런 날이었으면 좋겠다.

길섶의 진달래꽃

이수광

가는 길에 안 피었던 꽃
오는 길에 활짝 피었네
산속에 밤새 내린 비가
꽃 피어나라 재촉했나 보다

路中見杜鵑花滿開

李睟光

去時花未開
來時花盡開
山中昨夜雨
應是爲花催

시인이 가는 길에는 꽃이 피어 있지 않았다. 얼마쯤의 시간이 흐른 뒤에 돌아온 건지 알 수 없다.

하루쯤, 어쩌면 그보다 며칠 더 오래 산속에 머물렀을 게다. 산속에 밤새 내린 비가 개화를 재촉했다고 쓴 걸 보면 그렇다. 수굿이 고요한 산 깊숙한 곳에 머무르던 어느 날 밤 비가 내렸고, 그 비는 시인이 알지 못하는 사이에 세상의 모든 꽃들이 환히 피어나기를 재촉했다. 산길을 나서자 비에 촉촉이 젖은 길섶의 작은 풀꽃들이 하나둘 시인을 반겨 맞이한다. 속세로 돌아가는 시인의 마음도 꽃처럼 환히 열린다.

시인은 자연의 흐름 속에 아름다운 것들이 차고 이운다는 걸 보여준다. 아니, 어쩌면 속세를 떠날 때와 다시 속세로 들어설 때의 차이가 세상을 바라보는 차이를 지어낸다는 가르침인지도 모르겠다. '가고去'와 '오는来'의 선명한 차이다.

꽃샘바람

현기

어제 붉게 핀 꽃이 아침에 스러져
천지에 가득하던 봄빛 사라집니다
피지 않았다면 지는 일 없을 텐데
매운 꽃샘바람 원망할밖에요

春盡日
玄錡

今日殘花昨日紅
十分春色九分空
若無開處應無落
不怨東風怨信風

꽃 피고 지는 건 사람 일 아니다. 사람 눈에 들기 위해 예쁘게 피어나는 건 아니다. 꽃으로서의 존재 이유를 다 할 뿐이다.

자손을 번식하고 또 자신의 생존 영역을 확장하는 것이 세상의 모든 나무들이 본능적으로 갖춘 존재 이유다. 빛깔과 향기는 사람이 아니라, 자신에게 찾아와 꽃가루받이를 이뤄줄 벌 나비를 불러들이려는 생존 전략이다.

대개의 꽃들은 저마다 제 꽃의 꽃가루받이에 맞춤한 짝이 있다. 꽃은 그 곤충이 가장 좋아할 만한 향기와 빛깔로 단장에 나선다. 붉은 꽃은 붉은색을 좋아하는 곤충을 꼬이는 전략의 결과이고, 달콤한 향기는 단맛을 즐기는 중매쟁이 나비를 부르는 전략의 결과다.

꽃의 존재 이유가 번식을 위해 씨앗을 맺는 첫 절차인 꽃가루받이에 있다면, 꽃가루받이를 마친 꽃이 살아남을 이유는 없다. 꽃가루받이를 마친 꽃이 속절없이 지는 건 그런 이유에서다. 벌 나비가 활발하게 움직이는 봄꽃들이 일찍 지는 건 그래서다. 꽃이 진다는 건, 하나의 생명이 태어나 후손을 얻는 일까지 마쳤다는 신호다.

이 땅의 모든 생명이 약동하는 봄, 서둘러 생명의 몸짓을 이룬 꽃들이 서서히 낙화를 시작한다. 꽃샘바람 때문이 아니라 제 할 일을 마쳤다는 증거다. 봄이 그렇게 지나간다. 바람 아니어도 꽃가루받이를 이룬 꽃이 더 오래 살아남아야 할 이유는 없다. 꽃의 운명이다. 낙화는 한 생명

스러지고 새 생명의 탄생을 알리는 징조다. 꽃샘바람 원망하는 건 봄의 생명을 채 느끼지 못했다는 앙증맞은 투정이다.

여러 편의 한시를 번역한 안서 김억은 이 시의 마지막 행을 "생각하면 핀 것이 못내 한恨이리"라고 옮겼다. 이 땅에 태어나 살아가는 삶을 한으로 여겨야 했던 궁핍한 시대 시인의 한스러운 목소리다.

해당화 노래

김금원

봄빛 스러지고 온갖 꽃 떨어지니
해당화 붉은 꽃만 홀로 화려하다
해당화 꽃조차 가뭇없이 사라지면
이 땅의 풍경은 적막하고 적막하리

海棠花

金錦園

百花春已晚
只有海棠紅
海棠若又盡
春事空復空

사실 숲에는 사철 내내 꽃 없는 날이 없다. 심지어는 추운 겨울에 피어나는 꽃도 있다. 굳이 특별한 꽃이 아니다. 남녘에서라면 십이월이면 피어나는 동백나무의 꽃이 그렇지 않은가. 동백꽃뿐 아니라 납매 중뿔남천 등 추위에 아랑곳하지 않고 피어나는 꽃이 여럿 있다.

하지만 모든 꽃 가운데 드라마틱하다 할 만큼 화려한 건 아무래도 이른 봄에 피어나는 꽃이다. 겨우내 초록 잎을 떨구지 않는 상록성 나무가 없는 건 아니지만, 거개의 낙엽성 나무들이 잎을 떨구고 잿빛으로 지내는 겨울과 극명하게 대비되는 빛깔을 선명하게 보여주는 때문이다.

봄에 피어나는 꽃은 빛깔 아니어도 반갑다. 겨우내 이어진 기다림이 길고 그리움 깊었던 때문일 게다. 하지만 개화 기간이 짧은 건 봄꽃들이 우리에게 남기는 아쉬움이다. 오랜 설렘과 기다림의 갈증을 채 메우기 전에 지는 걸 아쉬워하지 않을 도리가 없다. 까닭에 봄꽃 지는 건 아쉽고 안타깝다.

여름 다가오면서 피어나는 꽃이 없다면 봄꽃을 향했던 아쉬움을 달래기 어려우리라. 여름의 첫자리에서 만날 수 있는 꽃이 해당화다. 바닷바람 맞으며 피어나는 해당화는 큼직한 꽃송이에 화려한 붉은색으로 사람의 눈을 현혹한다.

봄에 피는 꽃이 대개 흰색이나 노란색이었다면 여름에 피는 꽃은 붉은색이 많다. 싸늘한 꽃샘바람 잎샘바람 모두 지나고 이마에 땀방울이 송송 돋을 즈음 우리 곁을 밝혀주는 꽃들은 봄꽃들과 달리 붉은빛이기 십상이다. 해당화를 시작으로 무궁화 배롱나무가 그렇다.

　봄빛 스러져 봄꽃들 모두 떨어진 바닷가 길 위를 걸으며 붉은 해당화 한 송이를 만나면 이 땅의 풍경을 바라보는 나그네 마음은 한결 풍요로워진다. 그리고 생각하리라. 해당화 한 송이조차 없다면 이 길이 얼마나 적막하겠는가. 조선 시대에는 흔치 않았던 여성 여행가 김금원이 걷는 길의 적막함을 달래준 건 한 송이 해당화였던 게다.

피어날 때 이미

이봉환

피어나며 이미 시들 줄 알았으니 아쉬움 없어라
붉은빛 떨어지자 초록빛도 반 너머 스러진다
이슬방울이 우주의 이치를 온전히 담는 것마냥
세상 모든 문명은 차면 마땅히 이울고 만다
맑고 아름다운 바탕은 일쑤 되풀이하게 되고
빛나고 화려한 것들도 필경은 슬픔을 맞으리라
연꽃과 국화는 그래도 대 이을 씨앗 남기지만
꽃노래는 대관절 무슨 말로 마무리해야 할까

落花詩 四

李鳳煥

開無遺恨已知衰

看到紅渝綠半披

造化全功渠盡露

文明一運理宜虧

清韶體質多生累

照爛繁華畢竟悲

蓮菊尙能存碩果

無將了語了花詩

꽃 한 송이, 이슬 한 방울에 우주 천지의 조화가 담긴
다. 이른 봄 자디잔 산수유 꽃봉오리 앞에 설레는 마음으
로 멈춰 섰다. 오래 바라본다. 봄볕 머금은 봉오리가 살짝
갈라져 틈을 보였다. 미동도 하지 않는 견고한 꽃봉오리가
스르르 열리는 모습이 눈에 선하게 떠오른다. 이제 하루
이틀 사흘, 일주일쯤 지나면 지름 일 센티미터도 채 되지
않는 작은 꽃봉오리가 화들짝 열릴 것이다. 생명의 이치가
수북히 담긴 신비의 개화 과정이다.

산수유 꽃봉오리가 처음 사람의 눈길을 끄는 건 아직
바람 차가운 겨울이다. 가지 끝에 조롱조롱 돋아난 작은
구슬 모양의 알갱이들은 추위 속에서 천천히 생명을 키운
다. 이제 한 주일쯤 지나면 갈색의 꽃봉오리 껍질에 틈이
벌어질 게다. 다시 하루 이틀 사흘 지나 구슬 알갱이 맨
위쪽이 새 주둥아리처럼 뾰죽이 열린다.

아! 그 작은 틈 안쪽에 노란 꽃잎이 수줍게 생명의 빛을
드러낸다. 그리고 며칠 더 지나면 갈색 껍질이 벌어지면서
구슬 봉오리 안에 들어 있던 꽃송이들이 일제히 기지개를
켜며 매운 바람 앞에 나선다. 꽃송이를 밀어올린 꽃자루
는 원래의 꽃봉오리보다 훨씬 길다. 일 센티미터가 넘는다.
그리고 그 끝에 앙증맞은 꽃송이가 조롱조롱 달렸다. 좁
디좁은 공간을 비집고 올라온 꽃송이는 무려 마흔 송이
나 된다. 놀라지 않을 수 없다.

여기가 끝이 아니다. 또 며칠 지나야 한다. 꽃자루 위에

점점이 맺혔던 꽃송이들이 벌어진다. 마흔 개에 가까운 꽃송이들은 제가끔 넉 장의 꽃잎을 펼친다. 꽃잎 안쪽도 재미있다. 꽃송이마다 가운데 삐죽 솟은 하나의 암술을 둘러싸고 네 개의 수술이 바짝 둘러선다. 돌아보면 일 센티미터도 채 안 되는 작은 구슬 모양의 꽃봉오리 안쪽에서 돋아난 건 마흔 개의 암술, 백육십 개의 수술, 백육십 개의 꽃잎이다. 그 작은 공간에서 어찌 저리 많은 꽃송이들이 제 모양과 빛깔을 잃지 않고 살아 올라왔을까. 경탄스럽다. 우주 만물의 생명 이치가 담겼다는 데 이론의 여지가 없다.

도무지 말이나 글로 생명의 황홀한 신비를 표현할 방도를 찾을 수 없다. 모든 문명의 이치가 자디잔 꽃 한 송이와 다르지 않다는 걸 깨닫는 건 지금 우리가 주목해야 할 생명의 화두다.

인연

노긍

꽃 피고 지는 건 서러워할 일 아니에요
모든 생명에게 삶과 죽음은 하릴없잖아요
산에 사는 구석화가 아무리 귀하다 해도
만물의 무상한 인연은 벗어나지 못합니다
붉은빛 덜어낸 빈 술잔 들고 물가에 서니
희미하게 저녁달이 꿈틀 떠오르려 하네요
서서히 날아오른 달은 어디에 머무를까요
인연이란 돌고 도는 윤회에 있나 생각합니다

落花詩 三
盧兢

一年興歇莫須哀
萬歲應看萬遍開
九錫山家生貴得
六如金偈淨緣來
浣紅虛爵方臨水

奪素圓蟾欲上臺

試道齊飛那有定

下官終不信因廻

나무도 생명의 굴레를 벗어날 수 없는 엄연한 생명체인 이상, 생로병사의 굴레를 고스란히 짊어지고 살아간다. 태어나 살면서 늙고 병들고 죽는 건 모든 생명의 필연적 운명이다. 살아 있으면 늙어야 하고, 늙으면 서서히 죽음에 다가서야 한다. 아무리 그래도 이별은, 죽음은 서럽다. 더구나 잿빛 겨울 동산을 창졸간에 환히 밝혀주며 겨울바람을 몰아낸 봄꽃이 지는 풍경을 바라보며 서글퍼하지 않을 수 없다.

시들어 떨어지는 꽃은 씨앗을 남길 것이고, 그 씨앗은 어미를 꼭 닮은 새로운 생명체로 몇 계절이 지난 뒤에 다시 그 자리에 돋아날 것이다. 하지만 그건 지금 바라보는 이 꽃이 아니다. 똑같이 생긴 꽃 만날 기약 남긴다 해도 한번 정들었던 생명과 헤어져야 한다는 건 서글픈 일이다. 안다. 삶과 죽음이 하릴없이 거쳐야 할 생명의 굴레다.

깊은 산중에 홀로 피어나는 아무리 희귀하고 귀한 꽃이라 해도 마찬가지다. 시인은 아주 귀한 생명의 상징으로 셋째 행에서 '구석九錫'을 이야기했다. 구석화九錫花를 말하는 것으로, 중국 설화에 등장하는 깊은 산에서 피어나는 매우 귀한 꽃이다.

살아 있으면 어쩔 수 없다. 시름겨운 마음으로 물가에 다가앉아 술 한 잔 들이켠다. 어제도 그제도 또 이 땅의 모든 생명을 키우던 처음 그때부터 지금까지 똑같은 모습으로 동산에 둥근 달이 떠오른다. 달은 어디로 돌아가는

가. 고요 속에 이 땅의 모든 생명이 잠든 그 밤 내내 홀로
어둠을 밝히다가 어제 그랬던 것처럼 다시 제집으로 돌아
갈 것이다. 돌고 도는 윤회가 사람의 마을에 밝음과 어둠
을 번갈아 일으켜 세운다.

관악산 꽃구름

신경준

철쭉 앞다퉈 피어나고
아침 햇살 반짝반짝
온 산에 붉은빛 가득
푸른빛 다문다문
산꽃 제멋대로 피어나
산봉우리까지 울긋불긋
봄빛 다했다고 아쉬워 마세요
서리 내리면 붉은빛 돌아옵니다

瞻鶴亭十景 中 冠岳花層
申景濬

躑躅花爭發
朝曦又照之
滿山紅一色
靑處也還奇
得意山花妍

簇簇繞峨嵯

莫愁春已暮

霜葉紅更多

철쭉꽃은 봄꽃 가운데 비교적 느지막이 피어난다. 몸단장에 오랜 시간을 들인 만큼 여느 봄꽃에 비해 화려하다. 꽃 피어 있는 동안도 길다. 봄볕 사이로 초여름의 후텁지근함이 스미기 시작할 즈음까지 봄의 꼬리를 붙잡고 철쭉꽃은 온통 붉다.

도시에서도 철쭉은 많이 심어 키운다. 봄에서 여름으로 넘어가는 때 높은 빌딩 주변 낮은 화단은 물론이고, 아파트 단지 안이나 도로 가장자리의 화단에서도 붉게 피어난다. 무더기로 피어나는 철쭉꽃은 하도 오래도록 피어 있어서 지루하게, 때로는 하도 붉어서 유치하게 느껴질 만도 하다.

붉은색 철쭉꽃 사이사이에 얼핏 섞여든 흰색 철쭉꽃에 눈길이 머물게 된다. 붉은색에 한참 익숙했던 탓인지 순백의 철쭉꽃이 더 화사하게 다가온다. 가장 순결한 것이 가장 화려한 것이라는 깨달음이 인다. 철쭉의 봄은 오래 이어진다.

철쭉꽃과 더불어 이어진 봄볕이 후끈 달아오를 즈음에 높지거니 솟은 나무 가운데서도 꽃 피우는 나무가 있다. 오동나무나 개오동 같은 오동나무 종류의 나무가 꽃을 피우는 게 이때다. 거리의 이팝나무 가로수가 하얗게 피었던 꽃잎을 길 위로 내려놓기 시작할 즈음이기도 하다.

바닥에는 자잘한 흰 꽃의 낙화가, 사람 눈높이보다 낮은 곳에서는 철쭉꽃이 붉은빛과 흰빛으로, 그 위 높은 나뭇가지 위에서는 붉은 꽃이 천연색의 교향시를 울린다. 이팝나무 철쭉 오동나무가 도시의 거리에서 울리는 봄의 교향시를 뒤로하고, 봄은 서서히 우리 곁에서 물러간다. 시간이 나뭇가지 위에서 빛깔 되어 흐른다.

봄나무 답사도 이팝나무 꽃향기 흩어지고 오동나무 꽃 지면 한 단계 마무리하고 숨 고르기에 들어서야 한다. 봄에 만났던 숱한 꽃들을 하나하나 되짚어보며 마음 깊은 곳에 차곡차곡 집어넣어야 한다.

곧 여름이다. 굵은 땀방울 등에 지고 울창한 초록의 숲에 들어설 마음에 다시 또 설렌다. 그러나 여름 지나 다가올 이 땅의 가을 생각에 더 설렌다. 무더운 비바람 지나고 이곳에 서리 내리면 찾아올 꽃보다 아름다운 붉은 단풍 때문이다. 살아 있는 생명으로서의 나무를 만나는 건 그래서 기다림과 설렘의 무한반복이다. 여름나무는 봄나무의 아쉬움을 달래주고 가을나무는 여름나무의 풍성함을 키워준다. 나무와 함께하는 삶은 마침내 아름다울 수밖에 없다.

떨어지는 배꽃

김구

훨훨 춤추며 이리저리 날아다니다가
거꾸로 올라 높은 가지 위에 오른다
불현듯 거미줄에 꽃잎 한 조각 걸리자
나비인 줄 안 거미가 성큼 다가온다

落梨花

金坵

飛舞翩翩去却回
倒吹還欲上枝開
無端一片黏絲網
時見蜘蛛捕蝶來

이른 아침 숲, 아직 아무도 찾지 않은 고요의 숲에 발길 옮기노라면, 나뭇가지 사이로 난 조붓한 길을 가장 먼저 막아 세우는 건 거미줄이기 십상이다. 무심코 지나면 한 마리의 거미가 공들여 지은 그들의 보금자리를 파괴하는 꼴이 된다. 물론 사람이 지나다니는 길 위로 드리운 나뭇가지에 지은 거미집이라면 그리 오랜 시간이 아니어도 다른 누군가의 발걸음에 따라 무너앉을 것이다.

모르는 건 아니다. 그래도 정말 그래도 자신에게 알맞춤한 집 한 채 짓느라 밤 도와 고생했을 거미에게는 미안하다. 곧 무너지더라도 일단은 그가 더듬더듬 이룬 노동의 결과를 지켜주어야지 싶다. 한갓 미물의 몸짓이었다 해도 노동은 노동이다.

허리와 무릎을 함께 굽히고, 고개까지 숙인 채 한껏 몸을 낮춰 조심조심 거미줄을 피한다. 림보 하듯, 춤추듯, 곡예하듯 아슬하게 지나기도 한다. 거미줄의 한쪽 끝을 건드릴까 신중했지만, 어쩔 수 없이 거미줄을 건드리는 경우가 있다. 그때 화들짝 놀라 어디론가 도망하느라 허둥대는 거미가 대부분이지만, 틈입자의 거동을 탐색하느라 미동도 하지 않고 제자리에 한껏 웅크리고 남아 있는 거미도 있다. 어쩌면 침입자를 향한 공격 태세를 가다듬는 건지도 모른다.

거미줄 하나 지켜주려 애썼을 뿐인 머뭇거림 하나로 거미와 함께 숲의 주인이 된다. 착각이지만 달콤하고 뿌듯하다. 서로의 생명을 지켜주며 살아가는 주인의 삶. 숲 아니라 해도 어디서든 주인만이 누릴 수 있는 기쁨이다.

그렇게 지킨 거미줄 위로 꽃잎 하나 내려앉는다. 나비 날개를 닮았다. 간밤의 노동에 지쳐 배고픈 거미가 성큼 다가선다. 꽃잎도 나비처럼 도망치려는 듯 살랑인다. 사람과 나비와 꽃과 거미가 하나 되어 지어내는 숲의 아름다운 소나타 한 소절이다. 봄날의 햇살이 거미줄 위로 사뿐히 날아오른다.

귤을 들고

고경명

남녘 마을에서 한평생 한가로이 지내니
귤나무 서 있는 마을 길 훤히 알밖에
주홍빛 열매 익었어도 어버이 안 계셔서
따서 드릴 수 없으니 슬픔만 첩첩 쌓인다

橘詩

高敬命

平生睡足小江南
橘柚林中路飽諳
朱實宛然親不待
陸郎雖在意難堪

돌아가신 어머니는 참외를 유난히 좋아하셨다. 하긴 '유난히'라고 덧붙일 필요는 없겠다. 어머니가 먹을 것을 그다지 다양하게 즐기는 걸 본 적이 없어서다. 그럴 만큼 여유가 적은 남루한 삶을 산 탓이다. 그러나 참외를 좋아하신 것만큼은 분명히 기억한다. 다른 먹을거리를 좋아하는 게 없었기에 참외에 대한 기억이 더 선명하다.

나무 답사 길에 시장을 지나치다가 잘 익은 참외가 나온 걸 보면 언제나 어머니가 떠오른다. 먼 여행 끝에 참외를 사 들고 귀가한 적이 종종 있었다. 그러나 이제는 참외를 사 들고 와봤자 맛나게 드실 어머니가 안 계신다. 돌아가신 뒤에 제사상에나 올리려 했지만, 하필 한겨울에 돌아가시는 바람에 제사 때는 참외를 보기 힘들다.

젊은 시절까지만 해도 어머니가 왜 그 심심한 맛의 참외를 좋아하는지 이해하지 못했다. 그런데 나이 들자 어머니 못지않게 내가 참외를 좋아하게 됐다. 이상하다. 입맛이라는 게 나이에 맞춤하게 달라지는 것인가 보다.

이제 순전히 나를 위해서 참외를 찾게 됐다. 아내와 함께 시장 가는 길에도 참외를 그냥 지나치지 못한다. 아내에게 내가 좋아하는 과일이니 사자고는 하지만, 솔직히 어머니를 떠올리는 마음이 더 큰 게 사실이다. 속내를 드러내지 못해도 나는 언제나 참외 앞에서 돌아가신 어머니를 떠올릴 수밖에 없다. 별것 아닌 과일 한쪽에서도 내게 생명 주신 어머니를 떠올리는 건 생명 가진 자식으로서 어쩔 수 없는 모양이다. 옛사람이나 지금 사람이나 마찬가지다. 고작해야 두 해째인데, 돌아가신 어머니가 보고 싶다. 그립다.

이 시의 넷째 행에는 육랑陸郎이라는 인물이 나온다. 육랑은 중국 삼국시대의 오나라에 살았던 효자, 육적陸績을 가리킨다. 그가 여섯 살 때 겪은 일은 오랫동안 효도의 상징처럼 전해온다.

육적이 어린 시절 귤을 대접받은 적이 있었다고 한다. 그때 어린 육적은 먹는 둥 마는 둥 시늉만 했다. 그리고 잠시 주인이 자리를 비운 틈에 귤을 품에 넣어 감추었다. 한참 지나 육적이 인사를 하고 돌아나오려는데 품에 감추었던 귤이 데구르르 떨어져 굴렀다. 그러자 주인은 "왜 귤을 먹지 않고 감추었냐"라고 물었고, 육적은 "집에 돌아가 어머니께 드리려고 그랬다"라고 대답했다. 어린 육적의 지극한 효성에 감동한 주인은 귤을 더 내어주며 어머니께 드리라 했다는 이야기다.

이때부터 '육적이 어머니 생각에 귤을 품다陸績懷橘'라는 말이 사람들 사이에 회자했다. 곧 지극한 효심의 상징이 됐고, 이를 '회귤고사懷橘故事'라고도 사람들은 말한다.

연꽃 앞에서

곽예

연꽃 구경하러 세 번이나 찾아온 연못
초록 잎 붉은 꽃 오래도록 다름없건만
붉은 연꽃 반가워 찾아온 나그네는
마음 젊어도 머리카락이 부쩍 희어졌네

賞蓮

郭預

賞蓮三度到三池
翠蓋紅粧似舊時
唯有看花玉堂老
風情不減鬢如絲

물속에서 꽃 피우는 수생식물 가운데 한 해에 꼭 사흘 동안만 꽃을 피우는 식물이 있다. 그것도 연못 주변을 오가던 대개의 사람들이 집으로 돌아간 뒤인 늦은 저녁에 피어나는 꽃이다. 깊은 밤에 절정을 이루는 이 꽃을 보려고 세 번 정도 찾아가는 건 그리 대수롭지 않은 일이다. '수생식물의 여왕'이라는 별명으로 불리는 아마조니카빅토리아*Victoria amazonica Sowerby* 수련이 그 식물이다.

'밤에 피어나는 꽃'이어서 더 신비롭다. 브라질의 아마존강 유역이 고향인 아마조니카빅토리아는 꽃 못지않게 잎으로 더 많이 알려졌다. 잎 한 장이 잘 자라면 지름 삼 미터가 될 만큼 크다. '세상의 모든 식물 가운데 가장 넓은 잎을 가진 식물'로 알려진 특별한 생명이다.

초록의 윤기 나는 잎만으로도 연못에서 뿜어내는 그의 카리스마는 압도적이다. 붉은 기운이 도는 잎 뒷면에 날카로운 가시가 촘촘히 돋아난 것 역시 눈길을 사로잡는 특징이다. 장엄한 기품을 갖춘 빅토리아수련이 꽃을 피우는 건 한여름이다. 그가 꽃을 피우는 걸 사람들은 '여왕의 대관식'이라고도 한다.

고작해야 사흘 피었다 지는 이 꽃은 첫날 하얀색으로 피어난다. 자세히 보면 꽃송이 한가운데서 관능적인 분홍빛이 여리게 도는 듯도 하지만, 전체적으로는 하얀색이다. 순백으로 알린 첫날의 대관식은 이튿날 아침에 속절없이 마무리한다. 아침 태양 솟아오르면 꽃송이는 활짝 열렸던 꽃잎을 견고히 닫는다.

낮 지나고 다시 저녁 되면 대관식의 제2막이 시작된다. 이때 아마조니카빅토리아 수련 꽃은 지난밤과 전혀 다른 변신을 시도한다. 하얗게 피었던 꽃은 서서히 붉은빛을 피워올린다. 새벽 세시쯤 되면 순백이었던 꽃잎은 모두 짙은 보랏빛으로 바뀐다. 안쪽으로 살짝 오므린 채 피었던 첫날과 달리 아마조니카빅토리아 수련은 모든 꽃잎을 바깥으로 젖힌다. 그리고 다음 날인 셋째 날 아침, 채 해가 떠오르기 전에 거대하고 화려했던 꽃잎은 서서히 물속으로 가라앉는다. 여왕의 삼일천하는 그렇게 막을 내린다.

이 신비한 꽃이 피었을 듯해 달려갔던 몇 차례의 헛걸음 끝에 꽃이 피었다는 소식이 왔다. 곧바로 달려갔다. 태풍이 예고된 밤길은 스산했다. 비바람 천둥번개와 함께 밤을 꼬박 지새우며 여왕의 대관식을 지키려 했다. 그러나 그날의 여왕은 힘이 모자랐다. 꽃망울이 겨우 벌어졌지만 꽃은 온전히 피어나지 않았다. 안타까웠다.

아쉬움 안고 다시 한 해를 기다려 여왕의 대관식을 찾았다. 긴 설렘 안고 맞이한 여왕의 대관식은 화려했다. 온밤을 지새우는 동안 아주 천천히 그러나 여느 꽃에 비하면 매우 빠른 속도로 꽃잎을 열며 여왕은 까만 밤을 화려하게 밝혔다. 자정을 넘기면서부터 여왕의 대관식은 홀로 지켰다. 칠흑 어둠을 지키는 유일한 하객에게 여왕은 아마존 밀림의 생명 이야기를 들려주었다. 보드랍게 사운거리는 여왕의 은밀한 열대 이야기에 귀를 기울인 까만 밤은 황홀했다.

'여왕과 나'의 만남은 은밀해서 황홀했고, 까만 밤이어서 여왕의 자태는 더 관능적이었다. 홀로 치른 여왕의 대관식은 아마 다시 경험하기 어려운 특별한 일이었다.

솟을대문 앞 회화나무

이곡

길가 회화나무 그늘 드리운 큰 집에
자식들 위해 세운 솟을대문 높은데
주인 없이 몇 해 지나자 찾는 이 없고
길 가던 나그네만 비 피하러 찾아든다

途中避雨有感
李穀

甲第當街蔭綠槐
高門應爲子孫開
年來易主無車馬
唯有行人避雨來

한자로 된 옛 문헌에는 정체가 헷갈리는 나무가 적지 않다. 그 가운데 하나가 회화나무다. 한자로는 괴槐로 쓴 나무다.

옥편에는 '홰나무 괴'라 하고, 상세 설명에 회화나무와 느티나무가 덧붙어 있는 게 대부분이다. 홰나무, 회화나무, 느티나무를 모두 한 글자로 표현한다는 이야기다.

한시를 한글로 옮긴 얼마간의 번역시에서도 종종 느티나무와 회화나무는 아리송하다. 때로는 홰나무로 번역한 경우도 있다. '회화나무'의 지방말로 '홰나무'를 쓰는 지방이 있다 하더라도 혼동은 정리되지 않는다.

옥편의 뜻풀이에 나오는 느티나무가 걸린다. 느티나무와 회화나무는 서로 다른 나무다. 전체적인 생김새가 비슷하기는 해도 회화나무는 콩과, 느티나무는 느릅나무과에 속하는 나무여서 친연 관계도 없다.

회화나무를 뜻하는 한자로 괴櫰도 있다. 이 글자는 앞의 괴槐와 같은 뜻의 다른 모양이라고 돼 있다. 그런데 괴櫰의 뜻풀이에는 회화나무 느티나무뿐 아니라 '향나무'가 보태졌다. 갈수록 어려워진다.

게다가 느티나무를 뜻하는 글자는 더 많다. 앞의 괴槐를 포함해서 궤櫃, 거柜, 거欅, 거櫸, 거欂, 귀櫷 등이 모두 느티나무를 뜻하는 글자로 나타난다. 이 가운데 앞의 궤櫃, 거柜, 거欅, 거櫸, 거欂 등 다섯 글자는 버드나무 종류의 고리버들도 함께 가리킨다고 돼 있으니 일단 제쳐놓아도 되겠다.

이 중 맨 뒤의 귀櫷는 오로지 느티나무만 가리킨다. 그러나 우리의 옛 문헌에서는 찾아보기 어려운 글자다. 느티나무를 가리키는 대개의 경우에 옛 사람들은 괴槐를 썼다.

지금 우리 산과 들에서 흔히 만날 수 있는 느티나무가 그때라고 없었을 리 없다. 적어도 회화나무보다는 많았을 것이다. 그렇다면 시 속에 등장하는 괴槐는 회화나무일 수도 있고 느티나무일 수도 있다는 결론에 이르게 된다. 근대 식물분류 체계가 정리되지 않은 상태에서 느티나무와 회화나무를 정밀하게 구별할 필요가 없었던 까닭이기도 하지만, 그랬다 치더라도 느티나무와 회화나무는 생김새만으로 헷갈리기 십상이다.

결국 그때의 시를 지금의 한글로 옮길 때에는 주변 풍광이나 시인의 마음에 차오른 이미지를 떠올려서 나무의 종류를 가름하는 수밖에 없다. 느티나무와 회화나무에 대한 옛사람들의 생각이 달랐다는 점을 감안해야 한다는 이야기다.

이 시에서처럼 솟을대문 앞에 자손의 출세와 번영을 기원하며 심어 키운 나무라면 느티나무이기보다는 회화나무여야 맞지 싶다.

짧은 한시 한 소절을 읽으면서 우리 나무의 풍광과 나무에 얽힌 인문학적 이야기를 함께 떠올려야 하는 이유다. 옛 한시를 지금의 언어로 다시 읽는 재미는 깊고 또 깊다.

단풍 든 담쟁이

김류

서리 내리자 오동나무에 찬바람 불고
소슬해진 뜨락에선 새 홀로 지저귄다
꿈 깨니 작은 집에 석양빛 새어들고
담 모퉁이 담쟁이 넝쿨엔 가을빛 한가득이다

卽事
金瑬

霜風摵摵動青梧
寥落空庭鳥自呼
夢罷夕陽明小閣
薜蘿秋色滿墻隅

가을에 잎 지는 나무 가운데 단풍 들지 않는 나무는 없다. 지난 계절 내내 초록이었던 잎은 가을 되어 빛깔이 바뀐다. 단풍 하면 가장 먼저 빨간색을 떠올리지만, 단풍에 꼭 붉은빛만 있는 건 아니다.

한자로 단풍은 붉은빛을 뜻하는 단丹과 단풍나무를 가리키는 풍楓으로 이루어져 있다. 당연히 단풍은 붉은 단풍나무를 먼저 떠올리게 한다. 하지만 국어사전에 단풍은 '기후변화로 식물의 잎이 붉은빛이나 누런빛으로 변하는 현상. 또는 그렇게 변한 잎'이라고 풀이돼 있다. 영어로는 'fall foliage, autumn colors' 혹은 'autumn leaves', 즉 가을 나뭇잎이나 가을 빛깔을 뜻한다는 이야기다. 빨간빛 외에도 단풍이라 할 때의 빛깔은 여러 가지다. 은행나무 단풍의 노란빛이 있는가 하면, 참나무 종류의 나뭇잎에는 갈색 종류의 빛깔이 오른다.

느티나무는 같은 나무이면서도 다른 빛깔의 단풍 물을 띄워 올린다. 특이하다. 이를테면 대개의 경우 갈색 빛깔의 가을빛이 오르지만, 상황에 따라서 새빨간 빛깔로 물드는 느티나무 잎도 있다. 심지어 바로 옆에 줄지어 서 있는 느티나무 사이에도 단풍 빛깔이 다르게 나타나는 경우도 적지 않다. 벚나무도 그렇다.

또 빨강 노랑 갈색이라고 뭉뚱그려 이야기하기는 했지만, 그렇게 단순화할 수도 없다. 이를테면 갈색으로 물드는 갈참나무와 굴참나무를 비교해보아도 그들이 보여주는 빛깔은 다르다.

사실 어떻게 자연의 빛깔을 사람의 눈과 기준으로 재단할 수 있겠는가. 그저 가을 잎에 오른 모든 빛깔이 아름답다고만 할 수 있을 뿐이다. 대관절 어디에서 저리 아름다운 빛깔이 나온 것일까.

이름 때문에라도 단풍 빛깔을 이야기할 때 가장 먼저 떠올리는 건 아무래도 단풍나무 잎의 붉은 빛깔이다. 맑은 가을 하늘의 파란 빛깔과 극명한 보색을 이루며 가을을 화려하게 수놓는 건 빨간 단풍나무 잎이다. 그러나 빨간색 단풍 물이 오르는 종류만도 단풍나무 외에 많이 있다. 단풍나무과에 속하는 복자기 신나무 시닥나무가 모두 그렇고, 단풍나무과는 아니지만 옻나무 화살나무 단풍도 새빨간 단풍이 든다. 단풍나무 못지않게 아름답고 화려하다.

마을 길 울타리를 길게 타고 오른 담쟁이덩굴 잎사귀에 오른 빨간 단풍 역시 빼어나다. 소슬바람 불어오는 가을 저녁, 서녘 하늘에 붉게 타는 놀 걸릴 즈음, 시골길을 걸으며 별다를 것 없는 우리네 살림집 담벼락을 타고 오른 담쟁이덩굴 잎을 본 적 있는 사람은 안다. 담쟁이 잎사귀에 올라온 붉은 단풍이 얼마나 예쁜지를. 푸른 가을 하늘 아니어도 무채색의 흙담에 기댄 담쟁이덩굴의 빨간 잎. 여느 단풍잎 못지않게 예쁘다.

가을 단풍은 아름답다. 곧 추락할 낙엽의 마지막 단장

이다. 소멸을 앞둔 생존의 빛깔이어서 단풍 빛깔은 처연하고 아름답다.

석류꽃 그 집

이용휴

솔숲 지나니 길은 세 갈래
언덕에서 동무 집 찾아 두리번거리자
어진 농부가 호미 들어 멀리 가리키며
까치집 예쁜 마을 석류꽃 핀 집이라네

訪山家

李用休

松林穿盡路三丫
立馬坡邊訪李家
田父擧鋤東北指
鵲巢村裏露榴花

"느티나무 모퉁이를 지나서 오리나무 세 그루를 지나친 뒤에 나오는 조붓한 골목길로 들어서세요. 골목 안쪽으로 옹기종기 이어진 살림집들의 울타리 아래에 봄맞이꽃 제비꽃 꽃마리 냉이 울긋불긋 피어 있는 길을 따라 조금 더 들어오다 보면, 개나리 울타리에 노란 꽃 피어 있는 집, 그 집이 늙은 내가 사는 집이라오."

내가 사는 집을 찾아오는 벗에게 이렇게 말할 수 있는 날이 오면 좋겠다. 나이 더 들어 도시의 소음과 속도 따르기 어려워지면, 사람 적고 나무 많은 시골에 들어가 살련다. 오래전에 일으킨 꿈이지만 여태 실현할 형편을 얻지 못해 안달하며 도시의 삶을 산다. 쉽게 버리지 못할 게다.

이름과 주소를 적는 명함에도 내 집 앞에 서 있는 나무 한 그루, 풀꽃 한 포기를 적어야겠다. 길어도 아름다운 꽃 이름 나무 이름을 적고 싶다. 집에도 이름을 붙여야 한다면 나무와 꽃 이름으로 지으련다.

어린 시절 외가 할머니께 드린 편지의 겉봉 주소에 '덕고개 꽃장재'라고 썼던 기억이 있다. 덕이 많은 사람들이 사는 고개라는 뜻의 덕고개, 그 고개 넘어 꽃이 많은 산 중턱에 홀로 있는 집, 그게 꽃장재, 내 어머니가 자라고 외할머니가 돌아가실 때까지 살던 초가집이다. 도시의 달동네에서 자라던 어린 시절에 외할머니댁 이름은 촌스러워 보였다. 뜻도 모른 채 '꼬짱째'라고 썼던 듯도 하다. 번짓수도 없는 집이 어디 있느냐며 어머니를 향해 코웃음을 쳤고, '꽃장재'라는 촌스러운 이름으로도 정확하게 나의 편지가 할머니께 배달된다는 게 신기하기도 했다.

외할머니도 외삼촌도 모두 돌아가신 뒤 다시 찾을 일 없어진 꽃장재 외가댁의 이름이 이제는 부럽다. 꽃장재 같은 집에서 살고 싶다. 꽃이 많아서 꽃장재라 불리던 아름다운 오막살이에서 살게 된다면, 그 집에서 나는 도시 아파트에서 사는 걸 답답해하시던 어머니를 기억하게 되리라. 어머니의 옛집인 외가댁이 그랬던 것처럼 저녁노을이 처연히 내다보이는 창가에 돌아가신 어머니의 사진을 놓아야겠다. 돌아가셔서라도, 고향의 그 저녁 하늘을 바라보실 수 있다면 더할 나위 없이 좋으리라.

꽃 찾아

이정

봄 깊어가는 산사에 제비 날아들고
요사채엔 찾아오는 나그네도 없다
꽃 찾아왔건만 꽃은 벌써 다 지고
꽃 찾다 아쉬움만 가득 안고 돌아온다

尋花古寺

李婷

春深古寺燕飛飛
深院重門客到稀
我昨尋花花落盡
尋花還爲惜花歸

꽃 피는 걸 기다리는 마음은 늘 초조하다. 나무가 사람의 시간을 기다려주지 않는 때문이다. 꽃 찾아 길 떠나기 전에는 '지금쯤 피었을까, 아직 채 안 피었을까' 하는 생각에 마음을 졸인다.

날마다 기상예보를 살펴보고, 지난해 또 지지난 해의 기록들을 살펴보며 개화 시기를 가늠한다. 겨우 날 잡아 길 떠나지만, 정작 꽃 앞에 서기 전까지의 설렘은 발길을 재우치게 한다. 아직 안 피었으면 어쩌지? 또 헛걸음이어야 하나, 이 봄에 그 꽃을 보지 못하면 다시 또 한 해를 기다려야 할 텐데 하는 설렘, 끝이 없다. 나무 앞에 닿을 때까지 계속 그렇다.

그러다가 마침내 나무 앞에 이르렀는데 나뭇가지 위에 꽃은 한 송이 남지 않았고, 나무 그늘 아래 패잔병처럼 늘어진 꽃잎만 바라보게 된다면, 그때는 또 하나의 아쉬움을 가슴에 담을 수밖에 없다.

나무를 찾아, 곱게 핀 꽃을 찾아 길 위에 오른 지 스무 해 동안 그런 경험이 한두 번 아니다. 헛걸음을 여러 차례 되풀이하면서 나무의 때, 꽃의 때를 맞추는 게 조금은 익숙해졌다 하지만, 여전히 나무의 시간을 정확히 가늠하는 건 불가능하다.

이상기후라고 해야 할 만큼 오락가락하는 날씨가 내 헛걸음의 이유를 보탠 것도 이미 오래전이다. 슈퍼컴퓨터를 이용한 첨단 과학도 나무 앞에서는 별무소용이다. 해마다 기상청이 내놓는 개화 예상도가 그렇다. 약간의 참고는 될 지언정 정답은 아니다. 긴 경험의 결과다.

결국 스무 해를 꽃 찾아 나섰건만 꽃을 제대로 만나는 건 여전히 어려운 일이다. 옛 시인처럼 나도 꽃 찾아가 꽃은 보지 못하고, 낙화 무리 앞에 서서 서글픈 탄식만 주워 담기 십상이다. 다시 이 꽃을 보려면 빨라야 한 해가 걸린다. 다시 또 긴 설렘과 그리움의 강을 건너야 한다.

올봄에는 더 많은 꽃들을 볼 수 있으려나? 또다시 아쉬움의 한숨 내쉴 일이 더 많을까. 알 수 없다. 설렘 안고 다시 길 위에 오른다.

꽃술

박제가

세상의 온갖 꽃들을
붉다고만 할 수 없어라
꽃술마다 제가끔 다르니
오래 자세히 살펴야 하리

月瀨襍絶

朴齊家

毋將一紅字
泛稱滿眼華
華鬚有多少
細心一看過

"오래 보아야 예쁘고 자세히 보아야 사랑스럽다"라는 이즈음의 시구는 참 좋다. 옛날부터 지금까지 내내 세상의 꽃들을 바라보려면 그래야 했다. 선비에게도 나뭇꾼에게도, 고관대작에게도 민초에게도 마찬가지다.

식물 관찰의 가장 바탕이 되는 건 뭐니 뭐니 해도 세심함이다. 어렵지 않아 보이지만, 이건 비법이라 해도 될 만큼 놀라운 결과를 일으킨다. 관심과 정성을 가지고 관찰하면 세상의 모든 꽃들은 죄 예쁘고 사랑스럽다. 정성된 관찰이 없으면 제아무리 예쁜 꽃이라 해도 그게 다 그것이다. 다를 게 없다.

보면 볼수록 다가가면 다가갈수록 꽃들은 저마다 다르고 예쁘다는 게 눈에 들어온다. 동백과 목련이 다르고, 국화와 수선화가 다르다. 비슷한 종류의 나무들에서 피어나는 꽃도 그렇다. 배꽃과 오얏꽃이 그렇고, 쑥부쟁이와 구절초가 그렇다. 더 자세히 들여다보면 같은 그루의 나무에서 피어난 꽃송이들조차 서로 다르다. 똑같은 건 단 하나도 없다.

모든 생명이 그렇다. 쌍둥이도 똑같지 않다. 오래 보지 않았고 자세히 살피지 않았기에 똑같은 것처럼 보일 뿐이다. 꽃 아니어도 세상의 모든 생명들 사이. 그 사이에 존재하는 미묘한 차이는 바라보는 사람에게 기쁨과 사랑을, 미소와 희열을 전해준다. 살아 있는 모든 것들은 저마다 다르다.

들길 따라서

배롱나무 붉은 꽃

김창업

여름내 피어 있는 배롱나무꽃
나뭇가지 그리워 붉게 피었어요
늙은 선비 닮은 모양으로
머뭇거리며 연못가 맴돌아요

紫薇花

金昌業

紫薇雖艶太支離
百日繁花尙戀枝
正似中書老學士
遲回不去鳳凰池

서두르지 않아도 만날 수 있는 꽃이 있다. 배롱나무꽃이다. 나뭇가지 끝에 새빨간 고깔 모양으로 피어나는 배롱나무꽃은 긴 여름 내내 꽃을 떨구지 않고 사람을 기다린다. 화무십일홍花無十日紅은 배롱나무 앞에서 무색해지고 만다.

선비가 살던 오래된 고택 앞 너른 연못 가장자리에 네 그루의 배롱나무가 있다. 너그러운 옛 선비를 닮은 모양으로 연못 한켠을 지키고 서서 붉은 여름 꽃을 피우는 배롱나무다. 선비는 이미 세상을 떠났지만, 그의 뜻을 이어 후손들이 이 집을 지킨다.

선비 윤증이 살던 충남 논산의 명재고택이다. 처음에 이 고택을 찾은 건, 배롱나무 때문이 아니었다. 고택의 살림채 뒤켠에 마련한 좁은 화계, 그 위에 홀로 기품을 갖추고 서 있는 매화를 만나기 위해서였다.

매화꽃 피던 봄날이었다. 그날 이 집에는 마실 온 두 명의 동네 아낙이 늙은 종부와 함께 나른한 오후를 즐기고 있었다. 종부는 귀가 어둡다. 처음 뵙는다는 인사를 올리고 집 안에 들어서는 나그네를 반긴 건 종부가 아니라 동네 아낙들이었다. 마루에 걸터앉아 집안 어른 이야기를 나누고, 그분이 손수 가꾸었다는 매화 이야기도 나누었다. 뒤란 화계로 다가서기 전이었다.

동네 아낙은 내가 찾은 그 바로 전해의 여름날 불어닥친 태풍을 못 이기고 나무의 큰 가지가 부러졌다고 했다.

이제는 예전의 기품을 잃었다고도 했다. 가지가 부러지기 전에 나무가 펼쳐 보이던 생김새와 기품을 묘사하는 아낙의 말에 과장이 담겼음은 금세 알아챌 수 있었다. 이미 가지가 부러진 나무의 옛 생김새를 확인할 수 없다는 이유로 아낙의 과장이 더 컸을 수도 있다. 마을 선비와 고택에 대한 자부심의 표현이었으리라.

나무를 오랫동안 보살폈을 종부의 귀가 어둡다는 것도 아낙의 허세를 한몫 돕는 듯했다. 객들이 나누는 이야기를 온전히 알아듣지 못하는 종부의 앉음새는 음전하다. 지체 높은 가문의 종부에 대한 선입견이었을까, 위엄 있는 몸짓에 온화한 표정이다.

마을 아낙들의 나무 자랑은 이어진다. 마을 아낙들의 자랑은 연못가의 배롱나무 네 그루로 이어졌다. 매화꽃 좋은 매실나무는 볼품없이 부러졌지만, 이 집에서 그 못지않게 아름다운 건 연못가에 서 있는 배롱나무라는 말이다. 꽃 필 여름에 꼭 다시 찾아오라고 했다.

그리고 서너 달쯤 뒤의 여름 연못가에서는 선비를 닮은, 어쩌면 그의 기품을 이어가는 종부의 모습을 닮은 모습으로 배롱나무꽃이 우아하게 피었다. 배롱나무꽃을 그토록 자랑삼던 마을 아낙은 만나지 못했지만, 그가 말한 배롱나무꽃은 남달랐던 게 틀림없다. 여느 배롱나무의 화려함과 선비의 집 마당 연못에서 피어난 배롱나무의 점잖음은 달랐다.

연못가 배롱나무 곁에 오래도록 머뭇거리며 이 집을 지켜온 사람들의 향기를 탐색할 수 있었다.

정자에 올라

조팽년

동무 기다리며 앉아서 까무룩 조는데
아득히 먼 구름 끝으로 신선이 지나간다
바람결에 저녁빛 머금은 억새 일렁이니
강 마을이 흰 눈 나린 듯 참 하얗다

亭上卽事

趙彭年

坐待羣賢倚柱眠
雲端縹緲過飛仙
茅花晚日因風起
疑是江村釀雪天

억새나 갈대나 마찬가지다. 빛으로 꽃을 피운다. 억새꽃이나 갈대꽃이나 모두 빛을 머금고 피어난다. 햇살을 머금고 있을 때와 햇살 사라진 뒤에 억새꽃이 보여주는 차이는 하늘과 땅의 거리만큼 크다.

저녁 어스름이 밀려오기 시작할 즈음의 붉은 노을빛을 머금은 갈대꽃이 보여주는 풍경은 환상적이다. 사진으로 풍광을 담는 건 쉽지 않다. 역광을 담아야 한다는 부담이 덧대어지는 까닭이다. 기어이 역광의 풍경을 담아내는 데 성공했다 하더라도 눈으로 보았을 때의 풍경만큼은 아니기 십상이다.

옛 시인도 마찬가지였다. 억새꽃이 머금은 저녁 풍광을 눈에 담고 글로 표현하는 데 적잖은 시간이 걸린 듯하다. 빛으로든 하얀 눈으로든 머뭇거린 기색이 역력하다. 구름 끝에서 아득히 신선이 지나간다고 표현한 건 빛을 이야기하고 싶어서 아니었을까.

신선으로도 모자랐다. 일렁이는 억새꽃이 마을 앞 벌판에 가져온 저녁 풍요를 더 맞춤하게 표현하려던 시인은 마침내 흰 눈 소복이 쌓인 강 마을 풍경을 떠올리고 말았다.

저녁빛 머금은 억새꽃을 사진으로 담는 데 놀라운 솜씨를 보인 사진가가 있다. 이제 더 이상 사진을 내놓을 수 없는 운명의 김영갑 선생이다. 그는 늘 사진에 바람을 담고, 그 바람이 가져오는 소리를 사진에 담으려 했다. 이른바 장노출이라는 사진 촬영 기법으로 바람 앞에서 오래 머뭇거렸다. 오랜 기다림과 긴 설렘 끝에 김영갑은 수평으로 펼쳐진 파노라마 화폭에 제주의 바람 머금은 억새꽃을 담았다. 그 안에 바람 소리가 산들 담겼다.

덧붙일 게 있다. 억새와 갈대의 차이를 이야기하지 않을 수 없다. 갈대와 억새는 비슷하지만 차이가 있다. 갈대는 강변이나 연못 가장자리와 같은 습지에서 자란다. 산에서는 볼 수 없다. 억새는 갈대와 반대로 산에서 자라고, 습지에서는 자랄 수 없다. 그렇다면 시에서 이야기한 모화茅花는 강 마을에서 자라는 풀이니 억새가 아니라 갈대이기 쉽다.

그러나 이 풀이 피운 꽃이 흰 눈 나린 듯 하얗다고 한 게 헷갈린다. 갈대의 꽃은 갈색이다. 갈대꽃 아무리 흐드러지게 피어도 눈 내린 것처럼 보일 리 없다. 시인에게 눈 내린 것처럼 하얗게 피어난 꽃은 아마도 억새였을 것이다. 강 마을이라고는 하지만, 강변의 습지가 아닌 곳이라면 억새가 피어나는 게 불가능한 건 아니다. 실제로 강가의 마을을 지나면서도 마을 안쪽에서 억새가 흐드러지게 피어난 광경을 보는 건 그리 특별한 일이 아니다.

저무는 봄

황현

빨간 복사꽃 하얀 오얏꽃 지자
봄빛이 가뭇없이 사라집니다
밤새 처마 끝에 낙숫물 소리 흥겹더니
싱그러운 파초 한 줄기 쑤욱 올라옵니다

村居暮春

黃玹

桃紅李白已辭條
轉眼春光次第凋
好是西簷連夜雨
靑靑一本出芭蕉

피고 지는 꽃 한 송이가 봄빛을 쥐락펴락하는가, 오가
는 봄빛이 꽃의 운명을 쥐락펴락하는가. 봄은 어차피 꽃으
로 온다. 어느 마을 어느 도시라도 마찬가지다. 산마을이
라면 산수유 매화 꽃 피어나는 길목에서 봄이 오는 소리
를 들을 수 있을 것이고, 강 마을이라면 보숨보숨 피어나
는 버들개지에 봄의 교향악이 담긴다. 도시도 마찬가지다.
아파트 단지에 외로이 서 있는 환한 백목련꽃도 봄마중 채
비 때만큼은 사람들의 눈길을 사로잡는다. 목련꽃 아니어
도 개나리 울타리 노란 꽃들에 종종거리는 봄의 소리는
필경 그냥 지나칠 수 없는, 누구도 거부할 수 없는 봄의 느
낌표다.

마찬가지로 봄 가고 여름 오는 기미도 꽃이 가장 먼저
알아챈다. 도시에서도 많이 심어 키우는 가로수 종류 가
운데 이팝나무가 있다. 따뜻한 기후를 좋아해 남부 지방
에서 많이 자랐지만, 최근에는 중부의 도시에서도 가로수
로 탈 없이 잘 자란다. 큰 나무로 잘 자라는 나무인데, 봄
에 피어나는 이팝나무꽃은 벚나무꽃 못지않게 좋다.

벚나무꽃보다 더 좋은 이유가 있다. 개화 기간이 그렇다.
한꺼번에 피어나 더 화려하지만, 고작해야 열흘을 채 가지
못하는 벚나무꽃과 이팝나무꽃은 전혀 다르다. 이팝나무
꽃은 한번 피어나면 보름에서 스무 날 정도를 하얗게 피
어 있다.

여름을 일으킨다는 입하 즈음에 이팝나무는 하얀 꽃잎

을 드러낸다. 은은한 향기와 함께 도시의 가로를 밝히다가 시들어 떨어질 즈음이면 그 곁을 걷는 사람의 이마에 땀방울이 송글송글 맺힐 만큼 날이 더워진다. 봄 가고 여름 온다는 기미다. 발걸음 닿는 거리에 하얗게 떨어져 내린 이팝나무 낙화는 놀랍다.

　가만히 멈춰 서서 돌아보니, 봄꽃들이 그렇게 모두 졌다. 이제 여름이다. 초록의 모든 잎들이 울긋불긋했던 꽃송이들을 밀어내고 쑥쑥 올라온다. 짙은 녹음의 계절이 다가왔다는 이야기다.

패랭이꽃

정습명

사람들은 화려한 모란 좋아하여
뜨락 가득 심고 애지중지 키우지만
이름 모를 풀 우거진 들판에도
아름다운 풀꽃 있는 건 모른다
연못에 비친 달빛 스미고
숲 언덕 바람결에 향기 번져도
궁벽한 땅이어서 아는 이 적고
시골 노인만 좋아하는 예쁜 꽃

石竹花

鄭襲明

世愛牧丹紅
栽培滿院中
誰知荒草野
亦有好花叢
色透村塘月

香傳隴樹風

地偏公子少

嬌態屬田翁

좋은 꽃이라면 꽃송이가 크고 화려해야 할까? 목련 동백이 그러하고, 모란 작약이 그러하며 연꽃 수련도 크고 화려한 꽃을 피운다. 한두 송이만 피어도 곁이 환해진다. 좋아하지 않을 수 없는 꽃이 분명하다.

그러나 작은 꽃을 한참 들여다본 적이 있는 사람이라면 이런 생각을 금세 고칠 수 있다. 도시의 아스팔트 길 보도 블록 틈을 뚫고 솟아오르는 냉이나 꽃다지의 앙증맞은 꽃에 눈을 맞추어본 사람은 안다. 도시의 가로수 뿌리 곁이라면 흔하디흔하게 뿌리내리고 피어나는 꽃마리의 앙증맞은 꽃과 눈맞춤해본 적 있는 사람도 안다. 길 위에 배 깔고 엎드려 꽃마리 꽃받이 별꽃 점나도나물 꽃다지의 꽃을 한참 바라본 적이 있는 사람이라면 분명히 안다. 자디잔 꽃이 보여주는 신비로운 황홀경은 세상의 그 무엇보다 신비롭고 아름답다. 잊을 수 없는 꽃들이다.

한 송이의 지름이 고작 오 밀리미터도 채 안 되는 작은 꽃을 피우는 한없이 초라한 풀꽃들. 누구는 그냥 '잡초'라고 무성의하게 부르기도 한다. 하지만 작은 풀꽃이라고 해서 큼지막하게 피어나는 꽃송이에 비해 뒤질 게 없다. 갖출 건 다 갖추고 피어난다. 꽃잎 암술 수술 꽃받침……. 게다가 그리 작은 꽃송이들이 놀라울 만큼 규칙적으로 이뤄내는 조화와 균형의 배열을 바라보자면 저절로 감탄사가 나온다. 꽃잎이 그렇고, 꽃잎 안쪽의 꽃술들 또한 그러하다.

이처럼 앙증맞은 꽃의 신비는 그러나 받아들이려는 사람의 성의 없이는 절대로 볼 수 없다. 꽃송이 앞에 멈추어 서는 게 어쩌면 가장 어려운 첫 통과제의다. 대개의 경우, 더구나 도시에서라면 이 첫 관문을 넘기는 게 가장 어렵다. 모두가 바쁘게 오가는 길 거리에서 보잘것없어 보이는 '잡초' 따위의 풀꽃 앞에 걸음을 멈춰 서기는 쉬운 일이 아니다.

도시인들에게는 하찮은 머뭇거림일 뿐이다. 첫 통과제의를 무사히 치렀다면, 이번에는 그 앞에 무릎을 꿇고 주저앉아야 한다. 이 역시 무난히 통과하기에는 어려운 절차다. 하지만 꽃송이에 눈높이를 맞추려면 그렇게 해야 한다. 드디어 꽃송이가 눈에 들어온다. 그 자세 그대로 바라보아도 괜찮지만, 혹시 사진기에 담으려면 부끄러움 무릅쓰고 납작 엎드려야 한다. 창피하고 부끄럽지 않을 수 없다. 그러나 잠시 뒤 놀라운 일이 벌어진다는 걸 그때까지는 짐작도 못할 것이다.

그 작은 꽃송이는 바라보는 사람의 귓전에 닿을락 말락한 침묵의 소리로 생명의 노래를 불러준다. 오래 바라보면 그의 쟁쟁한 노랫소리가 귓전에 닿는다. 작은 생명이 불러주는 생명의 아우성에 귀 기울이노라면, 곁을 오가는 다른 사람들의 기척은 사라진다. 오로지 풀꽃이 들려주는 생명의 노랫소리만 귀에 가득 차오른다.

한참 땅에 엎드려 꽃을 바라보고 나면 이제 누구도 좋

아하지 않는, 심지어 뽑아버리기 일쑤인 풀 한 포기가 이 땅의 여느 생명 못지않게 귀한 생명 존재로 가슴 깊은 곳에 자리잡는다. 바라보는 사람 많지 않은, 하지만 세상에서 가장 아름다운 하나의 생명은 그렇게 태어난다.

어쩌면 모란 목련 동백도 그럴지 모른다. 아무리 큼지막한 꽃송이라 하더라도 바라보려는 관심과 성의가 없다면 그의 아름다움은 드러나지 않는다. 이 땅의 모든 생명은 바라보는 사람과 함께 혹은 더불어 살아가는 사람과 함께 가치와 의미를 갖는다. 더불어 사는 생명의 이치가 그렇다.

한 송이 패랭이꽃이 화왕花王으로 불리는 모란꽃보다 더 좋을 수밖에 없는 이유다.

작약

김시습

작약 호화로운 꽃잎 다 떨어지자
바람결에 날리는 잎잎이 쓸쓸하네
벌 나비는 꽃 곱던 시절 차마 못 잊어
시든 꽃 찾아와 울음 울며 탄식하네

芍藥

金時習

落盡繽階芍藥花
隨風片片撲窓紗
邀蜂引蝶暫時事
泣把殘紅空自嗟

한 송이 꽃 시들어 졌다고 울며 탄식한다니!

새빨간 작약꽃 앞에 쪼그려 앉아 옛 선비의 꽃 마음을 떠올렸다. 이 꽃 지고 나면 내게도 울음이 솟을까. 작약꽃이라면 그럴 수도 있으리라. 빛깔 화려하고 덩치도 큰 꽃인 까닭에 시들고 지는 모습은 필경 슬픔의 빛깔일 수 있다.

그래서 작약꽃은 피어날 때부터 시들어 질 때를 근심하게 한다. 화려하고 풍요로운 꽃이어서다. 흐뭇이 돋아난 노란 꽃술을 품은 겹겹의 빨간 꽃잎들. 존재감이 도드라진다. 시들어 떨어진 뒤의 허전함을 견디기 힘든 건 그래서다. 화려했던 개화의 순간과 그 뒤 낙화의 순간이 보여주는 극단적인 대조가 그렇다.

울음, 탄식이 이어진다. 근원은 그리움이었던가. 무성하게 한들거리는 작약 푸른 잎 바라보면 잔상으로만 남은 그때 그 붉은 꽃 그리워질밖에.

꽃 진 작약 앞에 쪼그리고 앉는다. 눈 감자 어느새 마음 가득 작약꽃 정원이 펼쳐진다. 그리고 그 자리에 함께했던 그때 그 사람이 떠오른다. 이내 그리움은 슬픔 되어 목울대를 울린다. 돌아보니 꽃 향한 그리움이라기보다는 꽃과 함께했던 사람에 대한 그리움이 슬픔의 근원이었던 게 분명하다.

시인 김시습도 그랬을까. 그가 남긴 다른 짧은 시 「민극悶極」을 보니 그랬으리라는 생각이다. 그는 "산에서는 꽃이 달력이고花是山中曆/ 바람은 손님風爲靜裏賓"이라고 꽃과 바람을 노래했다. 김시습에게 꽃은 곧 세월의 증거이고, 바람은 그때 그 사람 그리워하는 마음이었다. 시인의 농익은 서정에 눈이 감긴다.

옛 시인 따라서 그때 그 사람 그리워하며 울음 섞인 탄식으로 여름날 저녁 길을 걸어야겠다. 즐겁고 화려했던 그 시절 그 청춘 모두 떠나고 이제 그리움만 남았다. 바람만이 아는 시인의 탄식이다.

진달래 첫 꽃

소세양

신새벽 바닷가에 붉은 아침놀 타오르고
바위 절벽 모래 언덕에 기대어 꽃 피었네
재우쳐 봄소식 전하려 안달한 진달래
봄바람에 앞장서 한 떨기 분홍 꽃 피었네

初見杜鵑花
蘇世讓

際曉紅蒸海上霞
石崖沙岸任欹斜
杜鵑也報春消息
先放東風一樹花

진달래꽃은 봄꽃 가운데 비교적 더디게 피어난다. 복수
초가 먼저 봄의 기운을 알아채고 언 땅을 뚫고 솟아오르
면 그 뒤를 따라 낮은 곳에서 바람꽃 노루귀 얼레지가 피
어난다. 사람 키 높이쯤 위에서는 목련 산수유 피어난다.
집 울타리에는 영춘화 개나리도 핀다. 그즈음 되어서야
진달래가 움찔 꽃을 피운다. 벚꽃 피어나는 것도 그즈음
이다.

더디다. 봄의 전주곡이 아니라, 한창 무르익은 봄의 기쁨
을 노래하는 봄의 교향시라 할 만하다. 어쨌든 더디다. 하
지만 꼭 그런 건 아니다. 자연의 흐름, 나무의 변화를 어찌
사람의 시간과 흐름으로 재단할 수 있겠는가. 게다가 계절
의 흐름조차 이제는 오락가락이다. 가을에 피어야 할 꽃이
겨울에 피는 건 항다반사이며, 봄에 피어나야 할 꽃들이
겨울부터 피어나는 경우도 자주 일어난다. 봄꽃의 순서는
오래된 식물도감에서만 박제되어 남았다. 꽃의 개화 시기,
개화 순서를 말하는 건 그래서 조심스러울밖에. 날씨에 따
라, 지역에 따라 꽃 피는 순서는 현저하게 달라진다.

진달래가 됐든 동백꽃이 됐든 아직 꽃샘바람 잎샘바람
의 기습에 대비해야만 할 이른 봄에 피어나는 꽃을 만나
는 일은 흥겹다. 겨울 깊을수록 새봄에 피어나는 꽃은 환
희로 다가온다.

들길 따라서

진화

매화꽃 지고 버들 가지 휘늘어져
이내 스민 숲길을 느릿하게 걷는다
갯마을의 대문 닫힌 집에는 인적 없고
강가에 내리는 봄비만 하냥 싱그럽다

野步

陳澕

小梅零落柳僛垂
閑踏靑嵐步步遲
漁店閉門人語少
一江春雨碧絲絲

매화에서 시작한 봄꽃 소식은 목련과 벚꽃에서 절정을 이룬다. 봄의 꼬리를 잡고 여름을 불러오는 건 철쭉꽃이다. 그즈음이면 꽃보다는 삽상한 그늘이 그리워진다. 버들가지 휘늘어진 강가의 나무 그늘을 찾는 것도 비슷한 무렵이다. 여름의 기미는 버드나무 휘영청 늘어진 가지에서 시작된다.

　버드나무도 종류가 많다. 가지가 배배 꼬이면서 하늘로 솟아오르는 용버들도 있고, 호랑버들도 있다. 또 가지가 휘늘어지지 않고 하늘 향해 쭉쭉 뻗어올리는 우리 토종 왕버들도 있다. 수양버들은 여러 종류의 버드나무 가운데 하나인데, 버드나무라고 할 때 대개는 수양버들을 먼저 떠올린다. 중국에서 많이 자라는 나무이고, 옛 선비들이 이 수양버들을 노래한 시를 많이 쓴 탓일 수도 있다.

　고려 때도 수양버들이 우리의 왕버들보다 친숙했던 모양이다. 봄이 떠나려 바둥거리는 길목에서 시인은 수양버들 휘늘어진 숲길을 걸었다. 이내가 잔뜩 내려앉은 숲이다. 숲길을 지나 강가에 나서자 마을의 집들은 텅 비었다. 모두 일하러 나간 모양이다. 걷는 길 따라 봄비가 내린다. 강가에 내리는 보슬비가 좋아진 시인은 떠나는 봄을 싱그럽게 배웅한다.

들꽃과 벗하여

윤선도

사람 사는 세상에 동무 적어도
산에 들어서면 벗투성이예요
누가 동무냐 묻지 마세요
새도 꽃도 모두 내 벗이어요

病還孤山舡上感興

尹善道

人實知己少
象外友于多
友于亦何物
山鳥與山花

세상살이의 인연이 어지러워질 즈음, 숲에 들면 풀 한 포기 나무 한 그루가 모두 오래된 동무처럼 반갑다. 봄 여름 가을 겨울 언제라도 그렇다. 숲 아니어도 내게는 늘 편안함을 주는 큰 나무 한 그루가 있다. 충북 괴산 오가리, 우령마을이라는 오래된 마을 어귀에 서서 동네의 길흉화복을 지켜주는 크고 아름다운 나무다.

처음 마을을 일으킨 입향조 어른이 마을에 들어오는 화를 막고 복을 잘 지키려는 뜻으로 심은 수호목이다. 모두 세 그루가 있어서 사람들은 '세 그루의 느티나무가 이룬 정자'라는 뜻에서 삼괴정三槐亭이라고 부른다. 하지만 지금 이 마을 사람들은 삼괴정이라는 말을 잘 쓰지 않는다. 당산나무라고만 부른다.

괴산 오가리 느티나무가 이 자리에서 자란 건 팔백 년 전이라 한다. 실제 나무의 나이가 팔백 살이 됐든 아니면 그보다 적든 그건 아무런 문제가 되지 않는다. 여태까지 동네 어귀에서 마을 사람들의 평화를 지켜주는 나무라는 것 하나만으로도 나무는 모두의 벗이고 지킴이다. 이 마을과 아무 관련이 없지만, 나도 이 나무 그늘에 들어서기만 하면 마음이 편안해진다.

내게 괴산 오가리 느티나무가 그런 것처럼 사람들마다 마음을 편안하게 해주는 나무 한 그루씩은 있을지 모른다. 그런 나무 한 그루 아직 갖지 못한 사람이라면 마음이 어지러울 때 숲으로 가라고 권하련다. 울울창창한 숲, 그

곳은 세상살이와 사람살이를 잠시 가려주고 순전히 나 자신의 모습만을 돌아보게 한다.

그래서 숲에 들어서면 모두 내 동무가 된다. 문득 귓전을 스치는 새소리도 걸음을 반겨 맞이하는 마중으로 다가온다. 길섶에 핀 자그마한 꽃송이들도 환하게 웃으며 지나는 나그네를 반긴다. 모두가 내 벗 내 동무다. 숲이 그런 게 아니라, 숲으로 다가서려는 마음을 가졌기 때문일지 모른다. 도시에서 무심히 자라는 나무 한 그루, 풀 한 포기도 마찬가지다. 다가서는 생명의 온기를 뿌리치는 생명은 없다. 살아 있는 모든 것은 다 동무다.

숲속의 모든 생명을 벗이라고 노래한 고산 윤선도의 「병환고산강상감흥病還孤山舡上感興」은 칠언절구 한 수와 오언절구 두 수로 이루어졌다. 위의 「들꽃과 벗하여」는 세 번째 시다. 그 앞의 두 수는 아래와 같다.

> 나도 나랏일에 뜻이 없는 건 아니지만
> 큰일 하는 데는 때가 있는 걸 어쩌리요
> 이 강산 가는 곳 모두 좋기만 하니
> 석양에 돌아가는 배 느려도 싫지 않구나

> 물고기와 새 서로 어울리니
> 강산이 참으로 아름답다
> 사람 마음이 이와 같다면

세상 어디라도 봄볕 따스하리라

吾人經濟非無志
君子行藏奈有時
着處江山皆好意
夕陽歸棹不嫌遲

魚鳥自相親
江山顔色眞
人心如物意
四海可同春

살구나무 시집가네

김려

지난밤에 잔뜩 주워둔 기와 조각과 돌멩이들
동틀 무렵 나무줄기에 끼워 나무 시집보낸다
해마다 늙어가는 살구나무는 새서방 맞이하는데
사주 맞지 않는다고 홀로 보내는 너는 어찌할까

上元俚曲斅李玄同體

金鑢

瓦礫前宵拾得多
鷄鳴嫁樹占交柯
年年老杏迎新壻
四柱無兒奈爾何

대추나무 시집보내기는 익숙해도 살구나무 시집보내기는 생경하다. 그러나 시집보내야 할 나무는 꼭 대추나무만이 아니다. 복사나무도 배나무도 살구나무도 시집보내야 하는 나무다. 유실수가 대개 그렇다.

나무줄기가 둘로 나뉘며 벌어진 자리에 큼지막한 돌덩이를 끼워 넣는 조금은 낯뜨거운 절차를 농부들은 흔히 '나무 시집보내기'라고 한다. 튼실하고 맛난 열매를 더 많이 얻기 위해 옛날부터 과수 농부들이 해온 일치레다. 동네 아낙들의 유쾌한 웃음과 함께 시집살이를 시작한 유실수는 시집 못 간 나무에 비해 열매를 많이 맺는다. 맛도 더 좋다.

옛날에는 근거도 없이 실행한 일이지만, 과일나무 시집보내기에는 과학적인 근거가 뒷받침된다. 나무의 줄기 사이에 큰 돌을 끼워 넣으면 줄기 바깥의 일정 부분에 압력이 더해진다. 돌의 무게에 의한 압력은 뿌리에서 열매가 매달리는 가지 끝까지 통하는 물길, 즉 물을 끌어올리는 수관의 일부를 틀어막는 결과를 이룬다. 덧붙여 돌의 무게에 의해 나무는 약간의 상처를 입는다. 본능적으로 생존의 위협을 느낀 나무는 자손을 생산해야 한다는 강박에서 더 많은 열매를 맺는다. 결국 가을 되면 평소보다 더 많은 열매가 달린다.

맛이 좋아지는 것도 그렇다. 나뭇잎에서 생산한 영양소를 몸 전체에 공급하는 통로가 수관인데, 큰 돌의 무게에 의해 좁아진 수관은 나무 아래쪽으로 내려오는 영양소의 상당 부분을 차단한다. 가지 위에 머물게 된 영양소는 열매 쪽으로 더 많이 공급되는 상황이 된다. 마침내 가지 끝에 맺힌 열매는 훨씬 달아진다.

단순한 경험에서 시작한 일이었지만, 과학적인 근거가 담겨 있었다. 과학적인 유실수 재배법에 옛사람들의 해학이 담기니 재미있다. 둘로 나뉘어 벌어진 가지 사이에 큼지막한 돌덩이를 괸 행위를 사람들은 시집보낸다고 했다. 조금은 얼굴이 붉어질 만도 한 비유다.

남도의 어느 마을에서 큼지막한 바위가 아니라, 동그란 스티로폼을 나뭇가지 사이에 끼워 넣은 걸 본 적이 있다. 돌이나 기와 조각처럼 단단한 물건이 아니어서 더 많은 과일을 얻으려는 '시집보내기'의 효과가 크지는 않겠지만, 오래도록 지켜온 나무와의 약속을 나누려 한 농부들의 몸짓이 그려져 흐뭇했다.

한 많은 새

단종

궁궐 떠난 새 원한 깊어져

외로이 깊은 산 헤맨다

밤 깊어도 잠 오지 않고

해마다 깊어지는 한 수런거린다

울다 지친 새벽에 그믐달만 남아

산에 뿌린 피 흘러 꽃잎 물들인다

내 하소연에 하늘도 귀를 막았는데

귀 밝은 새만 홀로 애통해한다

子規

端宗

一自寃禽出帝宮

孤身隻影碧山中

假眠夜夜眠無假

窮恨年年恨不窮

聲斷曉岑殘月白

血流春谷落花紅

天聾尙未聞哀訴

胡乃愁人耳獨聰

어린 단종의 설움을 되새기려면 강원도 영월에 가야 한다. 맑은 동강이 돌아들고, 육지 속의 섬으로 불리는 청령포가 있는 곳이다. 섬도 아니건만 배를 타지 않고는 청령포에 들 수 없다. 건너편 나루가 빤히 내다보이기는 해도 배를 타야 들어갈 수 있는 섬 아닌 섬이다.

임금 자리를 빼앗긴 채 청령포에 유배된 어린 단종은 해가 뜨고 달이 떠도 임금의 이름에 어울리지 않는 오두막에 들지 않고 청령포 숲을 헤맸다. 다리쉼을 할 참이면 나무에 기대어 섰다. 때로는 나뭇등걸에 걸터앉아 한 많은 세월을 슬퍼했다. 밤에도 제대로 잠 이루기 어려웠다. 맺힌 한과 슬픔이 컸다.

그의 설움을 함께한 나무가 한 그루 있다. '관음송觀音松'이라는 이름으로 불리는 소나무다. 단종의 울음소리를 보고 들은 소나무라는 뜻에서 뒷사람들이 나무에 붙여준 이름이다. 줄기가 사람 키 높이쯤에서 둘로 갈라지면서 한쪽은 왕비가 남아 있는 한양 땅을 향해 비스듬히 뻗어올랐고, 다른 하나는 곧게 하늘로 치솟았다. 우리나라에 지금 살아 있는 소나무 가운데서는 키가 가장 큰 나무다.

나무 곁에서 그는 피울음을 울었지만, 하늘은 그의 슬픔을 위로하지 못했다. 나무도 마찬가지다. 사람의 슬픔을 채 안아주지 못해 나무는 하늘로 하늘로 가지를 솟구쳐 올렸다. 억울한 영혼으로 단종이 쓰러진 뒤에도 나무는 청령포 한가운데 남아서, 그때 그 울음을 홀로 안고 슬프게 서 있다. 다시 청령포를 찾는 누구에게라도 어린 단종의 그 울음을 전하려는 마음이다.

단종의 칠언율시인 이 시에는 원래 제목이 없었는데, 사람들은 단종이 이 시에서 노래한 새, 자규를 제목으로 붙였다.

가을날

박죽서

앞산 지나며 비 머금은 가을바람
울음 울며 제 갈 길 서두르는 기러기
지난밤 무서리에 붉게 물든 단풍
시절 잊은 듯 봄빛마냥 어여쁘거늘

秋日

朴竹西

西風吹雨過前山
鴻鴈聲高個個還
昨夜淸霜染紅葉
還疑春色尙林關

밤중에 땅 위에 서리 내리는 계절이라면, 한낮의 맑은 햇살은 초록 잎을 붉게 물들인다. 나무는 계절의 흐름을 따라 쉼 없이 빛깔과 향기를 바꾼다. 움직이지도 않으면서 나무는 빠르게 시간의 흐름을 앞서 나가고 가장 왕성하게 세월을 붙들어 안는다.

천천히 그러나 뚜렷하게 이뤄지는 나무의 변화는 순간순간이 모두 아름답다. 흐르는 생명을 거스르지 않는 까닭이다. 봄에는 꽃 되어, 가을엔 단풍 되어 환희와 우울의 빛깔로 옷을 갈아입는다. 소리 없이 이루는 나무의 변화는 그래서 한결같다. 빛깔과 모양이 달라도 보는 이의 마음에 온전히 담긴다.

시인의 눈에도 나무는 그러했다. 가을 단풍이지만 봄빛 마냥 어여쁘다고 무서리 얹힌 단풍에서 봄빛을 찾아내고 스스로 즐거워했다. 그러나 봄이 아니다. 단풍 물오른 나뭇가지 위로 가을비 머금은 소슬바람 흩어진다. 찬바람에 쫓기듯 제 갈 길을 향해 날아오르는 기러기 편대의 비행이 나무 위로 피어오른다. 시간의 흐름을 자연스레 받아들이는 자연 생명체들의 생명살이이건만 나무는 잎 덜어내고, 새들은 이곳을 떠난다. 먼 곳으로 비행을 시작한 것이다. 떠남과 헤어짐의 조짐이다.

가을은 이별의 계절이고, 이별은 슬픔을 동반한다. 시인은 슬픔을 봄빛처럼 따사롭다고 했다. 붉게 물든 단풍잎이 봄꽃처럼 보인다는 속내에 가을 슬픔 배었다.

남산의 국화

이덕무

돌 틈에서 피어난 노란 국화꽃
가지 꺾여 시냇물에 살짝 닿았다
물가에 앉아 물 한 움큼 떠 마시니
손에 묻은 향기 입안에 가득 퍼진다

南山菊

李德懋

菊花欹石底

枝折倒溪黃

臨溪掬水飮

手香口亦香

워낙 다양한 품종을 선발하는 탓에 자연 상태의 국화가 오히려 생경하다. 야생의 산과 들에서 저절로 자라는 쑥부쟁이 산국 구절초의 꽃보다 원예 품종으로 선발한 국화 종류에 더 익숙한 건 어쩔 수 없다. 가녀린 몸집에 불균형하다 할 만큼 큼지막하게 피워올린 가지 끝의 국화 꽃송이를 처음 만났을 때에는 그의 불균형에서 오는 불안감이 있었지만, 이제는 자연스럽게 받아들일 만큼 원예 품종의 국화 천지다. 아예 구절초나 산국의 작은 꽃을 국화라고 부르기가 어색해졌다.

원예용 품종이다 보니, 제 마음대로 자라는 건 언감생심이다. 사람들이 비틀면 비틀어져야 하고, 구부리면 구부러진 채 자라야 한다. 사람이 선발한 원예 품종 식물들이 지닌 운명이다. 마침내 국화는 생명으로서의 본능보다 거대한 장식물로 사람들 곁을 치장하는 기능에 충실해졌다.

이 땅에 하나의 식물로 남기 위해 거쳐야 하는 온갖 절차를 잊어도 괜찮다. 사람들이 죄다 알아서 해준다. 주는 밥 얻어먹으며 사람의 욕심에 맞춰 노랗게 하얗게 빨갛게 꽃 피워주기만 하면 된다.

그러나 숨이 턱에까지 차오를 만큼 비탈진 산길을 걸어 오르다 문득 마주친 산국 한 송이에 코를 대고 알싸한 향기를 맡았을 때의 기억을 간직한 사람은 국화의 참 아름다움을 잘 안다. 어떤 원예 품종도 돌보는 이 없이 산길 여기저기에서 아무렇게나 저절로 자라는 산국의 생기를 따르지 못한다.

책만 보는 바보라는 뜻에서 스스로를 '간서치看書痴'라 불렀던 시인이 산길을 산책하던 그때에는 들에 핀 국화가 지천이었을 게다. 시인은 산국 구절초가 담뿍 피어 있는 개울가에 주저앉았다. 손으로 물 한 움큼 떠 마시려는데, 수면에 비친 국화꽃이 살랑 흔들린다. 국화 향기는 물속 깊은 곳에 스며들었다. 두 손을 모아 허수로이 길어올린 물 안에 국화 향기가 담겼다. 향기는 손을 타고 입안 가득히 차오른다.

꽃은 역시 산 깊은 곳 길섶에서 우연히 문득 만나야 생명의 깊은 속내를 알 수 있다. 생식능력을 잃지 않고 온전히 자손을 퍼뜨리기 위해 한창 생명 활동에 나선 바로 그 꽃, 원초적 본능의 그 꽃!

봄날 새벽

맹호연

동트는 줄 모르고 취한 잠결에
지저귀는 새소리 밀려든다
밤새 몰아친 비바람에
꽃들은 얼마나 떨어졌을까

春曉

孟浩然

春眠不覺曉
處處聞啼鳥
夜來風雨聲
花落知多少

계절 흐르는 소리 채 알아채지 못하고, 긴 잠에 빠진 듯 바삐 지내던 어느 아침, 걷다가 길바닥에 수북이 깔린 꽃잎들이 눈에 들어왔다. 자잘한 노란 꽃잎이었다. 도시의 회색 도로를 초록으로 지켜온 가죽나무 가로수가 떨군 무수히 많은 꽃잎이었다. 지난밤 소리 없이 내린 보슬비를 견디지 못하고 떨어진 가죽나무꽃이다.

그제야 이 도시에 줄지어 늘어선 가죽나무 가로수가 꽃을 피웠다는 걸 알아챘다. 도시에서의 삶이 일쑤 그런가 보다. 어슴푸레한 이른 아침, 잠에서 덜 깬 채 집을 나서는 도시인의 눈에 나무가 들어올 리 없다. 혹시 스쳐 지나며 나무를 흘끗 본다 해야 실루엣이나 겨우 아른거렸으면 다행이다. 하루 종일 사무실에 틀어박혀 컴퓨터 모니터에 시선을 파묻어야 할 때는 더 그렇다. 일과에 지친 몸을 끌고 저녁 늦은 시간 되어서야 그 길을 따라 집으로 돌아오는 도시인의 눈에 나무가 들어올 리 없다. 게다가 밤길에서라면 나무는 실루엣조차 제대로 드러내지 않는다. 가죽나무처럼 높지거니 솟아오른 가지 끝에서 피어나는 꽃을 느낀다는 건 언감생심이다. 느끼기는커녕 바라보기도 어려운 일이다.

사람들과 더불어 살기 위해 매캐한 매연과 먼지 자욱한 도시에 자리 잡은 나무들은 사람들이 바라보든 그러지 않든, 수굿이 제 삶을 이어간다. 꽃 피고 열매 맺으며, 잎 나고 단풍 들고 낙엽한다. 도시라고, 바라보는 사람 없다고 거스를 수 없는 생명의 이치다.

　나무 곁을 지나치는 사람들은 제 몸에 스미는 숨결이 어디에서 비롯되어 다가오는지 돌아보지 않는다. 맑은 산소가 오는 근원을 알려 하지 않는다. 나무가 잎을 돋아냈는지, 꽃을 피웠는지, 열매를 맺었는지, 낙엽을 했는지, 그건 더 그렇다.

　하지만 나무는 도시에서도 생명이다. 그래서 푸르다. 생명의 뿌리가 나무에 있다. 밤새 몰아친 비바람에 떨어진 꽃잎 하나에 이 땅에 사람이 살 수 있는 생명의 근원이 담겨 있다.

고석정

무외

물 위로 높지거니 솟은 큰 바위
언덕의 가을빛으로 비단병풍인 듯
땅거미 내리자 불어오는 서늘한 솔바람
신선이 경전 읽는 소리와 꼭 같네

孤石亭
無畏

蒼巖臨水聳亭亭
兩岸秋山展錦屛
薄暮松風淸可耳
似聞仙子讀黃庭

특별히 무얼 찾겠다는 목적이 있었던 건 아니다. 철원 지역을 지나던 길에 무작정 고석정에 들른 적이 있다. 아마도 그 지역의 고찰 도피안사 경내의 느티나무를 찾아보고 돌아나오던 길이었을 게다. 그 길에 고석정이 있다는 것도 모른 채 지나던 중이었다. 다리쉼을 하러 들렀다.

깎아지른 낭떠러지 꼭대기에 소나무가 우뚝했다. 절벽을 타고 기어오를 수 없으니, 나무의 크기도 멀리서 어림짐작으로만 가늠해야 했다. 크기보다는 바위 절벽 위에 홀로 우뚝 서서 바람 맞으며 서 있는 모습이 장해 보였다.

왜 유독 소나무는 바위 위에 서 있는 모습이 자연스러운가. 다른 식물이라면 어림도 없을 환경이 소나무의 생육 조건에 알맞춤한 건 아닌가. 고석정 절벽뿐 아니라 바위 틈에 뿌리내리고 자라는 소나무는 또 얼마나 많은가. 중국 황산의 소나무는 더 말할 나위도 없다.

나무는커녕 풀 한 포기 자라기 힘든 조건을 뚫고 솟아나와 생명의 환희를 키워내는 소나무의 기개를 사람의 언어로 표현하는 건 애시당초 불가능한 일이다. 최소한 내 깜냥으로는 불가능하다. 바위 위에 우뚝 서서 비바람 눈보라에 맞서 생명을 키워내는 소나무의 모습은 차라리 고행하는 수도승의 기품을 갖췄다.

옛 스님도 고석정 바위 위 소나무를 바라보았다. 가을 단풍이 아롱진 계절이었다. 그때 고석정 위의 소나무 가지를 스쳐 가는 바람을 바라보며 스님은 신선의 경 읽는 소리를 듣고야 말았다. 솔잎 스치는 바람을 신선의 경전 읽는 소리로 노래한 비유는 절묘하다. 스님의 눈에 비친 고행의 수도승이라니.

'황정黃庭'은 도교의 경전 황정경黃庭經을 가리킨다. 황정은 때로 왕휘지를 상징하기도 하지만, 여기서는 황정경으로 해석해야 어울린다.

우연히 지은 노래 한 소절

보우

소나무 울음 그치자 바람 멎고
후텁지근하던 산에는 비 오실 듯
홀로 앉아 맞이하는 알싸한 향기
난간 옆 바위 곁에 핀 꽃이 보냈나 보다

偶吟
普雨

松鳴自寂風初寂
山氣蒸瞑雨欲來
獨坐忽驚香撲鼻
岩花無數繞軒開

숲에는 향기가 있다. 이슬 머금은 풀 내음 위로 바람에 실려오는 꽃향기가 살풋 얹힌다. 사람이 지어내는 어떤 향과도 다르다. 꽃들이 혼사를 이루기 위해 벌과 나비를 부르는 간절함을 담은 생존 본능이 이뤄내는 향기, 간절한 생명의 노래여서다.

함께 걷던 그녀가 묻는다. "지금 이 향기는 어느 꽃이 지어내는 향기인가요?" 이 숲, 이 길에 익숙하지 않은 그녀에게 내가 대답한다. "여러 종류의 나무들이 어울려 자라고 있어서, 어느 한 가지 나무나 한 송이 꽃에서 나오는 향기라고 단정하기 어려워요."

그녀는 향기의 정체를 알 수 없다는 나의 무성의한 대답에 불만을 내색 않고 말없이 걷는다. 답을 구하지 못했지만 여전히 향기의 정체를 그녀는 탐색한다. 그리고 한참을 지나 숲 건너편에 이르렀을 즈음, "세상의 모든 생명에는 다 자기만의 향기가 있을 거예요"라는 뜻깊은 이야기를 던졌다.

개울에서

의순

나물 캐고 가만히 개울가에 앉아
잔잔히 흐르는 맑은 물 바라본다
비 맞은 등넝쿨 새순 정갈하고
구름 이고 선 오래된 바위 곱다
도담도담 자라는 새싹들 귀엽고
휘늘어진 꽃송이 싱그러워 좋다
비단 병풍처럼 솟은 푸른 바위 곁
초록 풀섶은 안락의자 못잖다
사는 동안 더 무얼 바라겠는가
돌아갈 길 잊은 채 턱 괴고 앉아
산 위로 지는 해 쓸쓸히 바라보니
숲 끝자락에서 저녁 이내 피어난다

谿行

意恂

採藪休溪畔

溪流清且漣

新藤經雨淨

古石依雲娟

嫩葉憐方展

葵花欣未蔫

青岩當繡屏

碧蘇代紋筵

人生亦何求

支頤澹忘還

滄凉山日暮

林末起暝煙

아무렇게나 잡히는 시집 한 권을 배낭에 챙겨 넣는다. 나무를 찾아 길 오를 채비 가운데 하나다. 사진기의 배터리를 충전하는 것처럼. 시집 아니어도 괜찮다. 손으로 시를 베껴 쓴 내 공책 가운데 아무거나 한 권이어도 좋다. 텅 빈 배낭을 차곡차곡 시로 충전한다. 홀로 오르는 낯선 길에서 가장 오래된 내 동무, 시詩다.

나무 앞에서도 그렇다. 나무와 이런저런 이야기를 나누다가 나뭇가지가 드리운 깊은 그늘에 들게 되면 가만히 시집의 아무 쪽이나 펼쳐서 홀로 시 한 수 읽는다. 하기야 나무에 혼을 빼앗겨 겨를이 없는 날이 더 많다. 그런 날에는 시집은커녕 배낭조차 거들떠보지 못하고 돌아오고 만다. 그래도 시집은 언제나 가방 안에 있어야 한다, 반드시.

나무 답사 때가 아니라도 시집 한 권, 아무 데나 주저앉으면 시를 베껴 쓸 공책이 늘 가방 한켠에 자리 잡는다. 짬이 나서 허름한 다방이라든가 휴게소에 들를 일이 있으면 홀로 앉아 진한 커피 향 맡으며 시집과 공책을 꺼내 시를 베껴 쓴다. 만년필로 시를 베껴 쓰는 시간은 황홀하다. 시집과 만년필은 그래서 항상 곁에 있어야 한다.

그러고 보니 길 위에서 펼쳐보기 위해서만 그런 건 아니었다. 버릇처럼 습관처럼 챙겨 넣을 뿐이다. 고달픈 삶의 위안, 치유, 그런 걸 시에서 건져 올리고 싶은 마음이었던 게다. 나무 앞에서 그랬던 것처럼 시집도 시 공책을 거들떠보지도 못하는 날이 없는 건 아니다. 하지만 가방 안에,

곁에 꼭 있어야 하는 게 시집과 만년필이다. 시집 만년필 없는 건 내 가방 아니다.

초의선사의 일지암에 들렀던 여름 어느 날도 그랬다. 의도한 것도 아닌데 배낭에 초의선사의 시가 충전돼 있었다. 맞춤하게 고즈넉한 개울가에서의 평안한 삶을 노래한 초의선사의 시를 읊을 수 있었다. 행복했다. 두륜산 봉우리 가까이에 있는 천년수를 만나고 돌아 내려오는 길이었다.

스님 머무를 때의 일지암은 무너앉았지만, 그를 기억하기 위해 새로 지은 암자다. 툇마루가 아니라 마당의 풀밭에 털퍼덕 주저앉아 시를 읊자니 마치 옛 스님이 돌아와 조근조근 들려주는 설법에 귀 기울이는 듯했다.

스님처럼 풀섶이 안락의자처럼 편안했고, 비 내린 뒤의 청명한 하늘 아래 푸릇하게 올라온 초록 풀잎은 싱그러웠다. 산 위로 지는 해를 바라보면서도 스님의 암자를 떠나지 않았다. 마치 내가 일지암의 스님이라도 된 듯.

산 위로 지는 해, 땅 위로 밀려오는 땅거미. 숲을 떠나 도시로 되돌아와야 했지만, 오래 머뭇거렸다. 그냥 이대로면 좋겠다는 생각이 일어났다. 이룰 수 없는, 지독히 큰 욕심이었다. 숲속에서 이어간 옛 스님들의 맑은 삶은 아마도 죽는 날까지 부러울 게다. 차마 닿을 수 없는 삶의 경지다.

구름 깊어

가도

소나무 그늘에서 아이에게 물으니
스승님은 약초 캐러 가셨다면서
필경 이 산속에 계시긴 할 텐데
구름 깊어 어디 계신지 알 수 없단다

深隱子不遇
賈島

松下問童子
言師採藥去
只在此山中
雲深不知處

한 편의 시를 지은 시인이 나귀를 타고 나들이에 나섰다. 고요한 전원 풍경을 그린 시 「제이응유거題李凝幽居」를 썼지만 마음에 차지 않았다. 나귀를 타고 벗의 집으로 향했지만 시구는 떠나지 않았다. 읊고 또 읊으며 나귀에게 몸을 맡겼다.

한적한 집 주위엔 이웃 드물고
온갖 풀 우거진 뜰에 들어선다
새는 연못가 나무 위에 잠들고
달빛 아래 스님은 문을 두드린다
다리를 지나자 들판 풍경 또렷하고
구름 따라 돌이 움직이는 듯하네
잠깐 나갔다가 다시 돌아오리니
은둔하리라는 약속 반드시 지키리오

閑居少隣竝
草徑入荒園
鳥宿池邊樹
僧敲月下門
過橋分野色
移石動雲根
暫去還來此
幽期不負言

처음에 그가 쓴 시의 넷째 행은 승퇴월하문僧推月下門이었다. 두 번째 글자인 두드릴 고鼓가 처음에는 밀 퇴推였다는 이야기다. 슬그머니 대문을 밀고 집 안에 들어선다고 썼던 것이다. 그러나 그보다 더 맞춤한 이미지를 가진 표현이 있으리라는 생각에 시인은 안달했다. 무작정 집 안에 들어서기보다는 먼저 추레한 집에서 살아가는 주인장에게 들어서도 되는지 묻는 게 옳지 않을까. 그러려면 대문을 두드리는 게 순서이지 싶었다. 그래서 떠오른 게 두드린다는 뜻의 고敲였다.

'퇴'로 할까 '고'로 할까 몰두한 채 가던 길, 마침 높은 벼슬아치의 행차가 있었다. 당나귀 탄 시인은 서슬 퍼런 벼슬아치의 행렬과 마주쳤다. 피해야 했건만 시인의 눈에는 아무것도 들어오지 않았다. 오직 시구 '퇴'와 '고'만 눈앞에 오락가락했다. 행차와의 충돌을 피하지 못했다.

당시 법에 따르면 벼슬아치의 행차와 충돌하는 일은 큰 죄에 속했다. 그러나 처벌에 앞서 그날의 행차를 이끌던 벼슬아치는 시인을 불러 마주앉았다. 사연을 물었다. 시인은 시를 읊었고, 그는 시에 귀를 기울였다. 시인의 시를 음미한 벼슬아치는 '퇴'보다 '고'가 낫겠다고 했고, 그의 말을 들어 시인은 마침내 시를 완성했다.

그 시인이 바로 가도였고, 벼슬아치는 한유였다. 당대의 문인이자 경조윤이던 한유는 시인을 처벌하지 않았고 그 뒤로도 시와 글로 정을 나누는 벗의 관계를 이어갔다. 문통文通하는 문우文友의 관계를 맺었다. 사람들은 그 때부터 원고를 오랫동안 꼼꼼히 고치는 과정을 퇴고推敲라 했다. 시는 결코 쉽게 쓰일 수 없다는 가도의 웅변이다. 그래서 단 한 글자의 힘을 알기 위해서는 가도의 시를 읽어야 한다.

그의 시는 천천히 읽어야 한다. 첩첩산중에 든 나그네가 소나무 그늘에 섰다. 나무 그늘에서 마주친 아이는 스승이 약초 캐러 깊은 산중에 들었다고 말한다. 이어 분명 산에 들긴 했지만 구름 깊어 볼 수 없다고 한다. 구름 쌓인 깊은 산이 절묘하게 드러난다. 짧지만 산의 유유함이 살아 있는 아름답고 아름다운 시다.

보내는 봄

원매

서글프게 흰 머리카락 드리우고
봄볕 떠나보내는 마음 아쉽다
밤 이슥도록 모란 곁에 머무른 건
꽃보다 서러운 날 위한 마음에서다

春日偶吟

袁枚

白髮蕭蕭霜滿肩
送春未免意留連
牡丹看到三更盡
半爲憐花半自憐

'살아서 몇 번의 봄을 더 맞이할 수 있을까?' 생뚱맞은 생각을 가끔 떠올린다. 필경 그냥 떠나보내기 안타까운 마음에서고, 다시 맞이하고 싶은 간절한 마음 때문이리라.

하지만 여름이나 겨울을 몇 번 더 맞을까 생각해본 적은 아예 없거나 있다 해도 기억나지 않을 정도로 적다. 봄볕 떠나보낼 때마다 늘어나는 흰머리를 헤아리게 되는 건 옛사람이나 지금 사람이나 마찬가지. 한 송이의 봄꽃을 떠나지 못하고, 날 저물 때까지 하냥 바라보게 되는 건 어쩌면 이 아름다운 날들을 다시 맞이할 수 없을지 모른다는 위기감 탓인지 모른다. 오래 머무를밖에.

따지고 보면 밤 이슥도록 한 송이 꽃을 바라보며 날을 밝힌 적은 그리 많지 않다. 그러나 나무 앞에서라면 이야기는 달라진다. 이른 아침 동틀 무렵 나무 앞에 당도하는 날은 적지 않다. 나무 그림자를 길게 드리우며 동쪽 하늘의 붉은 태양이 떠오를 즈음, 나무에게 아침 인사를 건넨다. 궁금했던 그의 안부를 나누는 건 그리 오래 걸리지 않는다. 그런데 곧바로 떠날 수 없다. 사정이 있다. 나뭇가지 사이로 틈입하는 햇살의 천변만화가 그렇다. 어느 틈에 나무는 표정을 바꾸었다. 나무가 클수록 표정의 변화는 그만큼 더 크다. 햇살의 방향에 따라 빠르게 바뀌는 그의 표정이 돌아서는 발길을 단단히 붙잡는다. 대개의 경우 해가 머리 꼭대기에 올라와 나무 그림자가 둥글게 나무 그늘 안쪽으로 모일 즈음이면 휴식을 취하기라도 하는 듯 나무의 표정은 별다른 움직임 없이 견고해진다.

그제야 발길을 돌려 새로운 나무를 찾아나서는 게 대부분이지만, 때로는 그 나무 곁에 더 머무르기도 한다. 나무가 품은 향기와 나무에서 새어나오는 생명의 소리에 귀를 기울여야 할 차례다. 마을 어귀에 서 있는 둥구나무이기라도 하면 이때쯤 마을 어른들이 하나둘 나무 곁으로 나올 시간이기도 하다. 나무 곁에 둘러서서 사람들과 나무 이야기를 나누며 시간을 보낸다.

사람의 이야기가 나무 그늘에 촘촘히 들어찬다. 그사이에 어느덧 해는 뉘엿뉘엿 서쪽 하늘로 기운다. 동쪽 하늘에서 해가 솟아오를 때처럼 나무는 나뭇가지 사이에 햇살을 품고 서서히 그림자를 늘린다. 따라서 나무의 표정도 바뀐다. 서쪽 하늘에 붉은빛이 타오른다.

종일 한 끼도 챙겨 먹지 않았다는 걸 배 속에서 알려준다. 홀로 다니는 답사길에서 끼니를 규칙적으로 챙기지 않는 건 내게 별다른 일 아니다. 처음엔 아마 분주한 한낮의 식당에서 홀로 자리를 차지하기 면구스러워 그랬을 게다. 그렇게 이십 년, 점심 거르는 것쯤은 아예 버릇이 돼버렸다.

하루치의 허기가 느껴질 즈음 훌훌 털고 발길을 돌리지만, 그렇다고 나무에 대한 그리움이 완전히 메워지는 건 아니다. 돌아서는 순간, 내일 아침에 또 다른 표정으로 해를 등지고 설 나무의 안색이 궁금해진다. 비나 눈처럼 별다른 예보가 보태진다면 더 그렇다. 비 맞은 나무, 눈 덮인 나무의 표정은 어떠할까, 궁금증 깊어진다.

나무 곁에 머무르면서, 나무의 온갖 표정을 하나둘 헤아리는 시간이 속절없이 흐른다. 나무를 스치고, 나무 앞에 서 있는 내 곁을 흐르는 시간이다. 언제나 시간 흐른 뒤에야 깨닫는다. 저녁 되어야 겨우 허기를 느끼는 텅 빈 배 속과 다르지 않다. 천 년을 사는 나무 앞에서 흐르는 세월의 속도를 뒤늦게 깨닫자 백 년을 채 못 사는 사람살이의 세월이 서러워진다. 사람의 마을에서 떠나보내는 봄을 아쉬워하는 짧은 시 한 수가 가슴에 오래 남는 이유다.

누구를 위해 꽃 피는가

엄운

봄빛은 살금살금 어디로 흩어지는가
불현듯 다시 꽃 바라보며 술잔 드네
왼종일 물어도 꽃은 한마디 말 없네
꽃은 대관절 누굴 위해 피고 지는가

惜花

嚴惲

春光冉冉歸何處
更向花前把一杯
盡日問花華不語
爲誰零落爲誰開

누구를 위해서 꽃은 피고 지는가? 익숙지 않은 질문이다. 꽃이 누굴 위해 피어날 리 없다는 걸 알아서다. 당연히 스스로의 생존 본능에 의해 피어나고 또 제 몫을 다한 뒤에라면 시들어 떨어지는 게 이치다.

흩어지는 봄볕 바라보며 꽃의 존재 이유를 묻는다. 사람의 눈으로는 감당하기 어려운 황홀감이 일기 때문이다. 보는 사람을 즐겁게 하려고 피어나는 게 아닌 걸 잘 알면서도 그로부터 받는 환희는 언제나 새롭다. 그래서 또 묻는다. 기쁨에 겹게 하던 한 송이 아름다운 꽃은 왜 속절없이 지는가. 어찌하여 큰 기쁨이 곧 서글픔 되는가. 찰나의 기쁨 지난 뒤에 깊은 슬픔 남기려면 차라리 피지나 말 것을.

피고 질 때만 그런 것도 아니다. 꽃 피어나기를 기다리는 마음은 어쩌면 지난겨울부터 시작됐다. 산과 들에 쌓인 눈 녹아내리고, 바람 끝에 봄기운 느껴질 즈음이면 어김없이 봄꽃 기다리는 마음 설렌다. 꽃은 둘째 치고, 언 땅을 뚫고 솟아나는 어린 새싹만으로도 설렘은 커진다.

꽃은 언제나 설렘으로 다가온다. 한마디 말 하지 않으면서도 사람에게 더 많은 말을 건네리라 기대하는 건 어쩔 수 없다. 작은 풀꽃 앞에 쪼그려 앉아 묻고 또 물어도 사람의 언어로 대답하는 법 없다. 꽃의 대답은 그의 여린 온몸에 들어 있다. 사람이 알아채지 못할 뿐이다.

지금 이 순간에도 한 송이 꽃을 피우기 위해 이슬 품고 꿈틀거리는 꽃봉오리가 기특하고 고마울 따름이다.

연잎 위 물방울

위응물

가을 연잎에 이슬방울
맑은 밤하늘에서 내려왔나
옥쟁반에 고이 받아놓으니
둥근 구슬 되어 또르르 구른다

咏露珠

韋應物

秋荷一滴露

淸夜墜玄天

將來玉盤上

不定始知圓

연잎 위의 물방울은 영롱하다. 잎 위에 구르면서 흐트러지지 않는다. 재미있고 신비롭다. 시인이 쓴 '부정不定'이라는 표현은 구슬처럼 맑고 동그란 이슬방울이 정처없이 구르는 모양을 이른다.

여름에 피는 연꽃은 가을바람 불어오면 시들어 한 잎 두 잎의 붉은 꽃잎을 연못 가득한 물 위에 떠나보낸다. 씨앗이 든 열매, 연밥이 익어갈 순서다. 곧추선 연밥을 푸르게 감싸 안은 건 연잎이다. 자연스레 연잎에 눈길이 머문른다. 연잎 위에 아침 이슬이 내려앉았든 누군가 장난으로 끼얹었든 물방울이 올라앉으면 연잎은 존재 그 자체로 신비의 대상이 된다.

푸른 연잎 떠받치며 길쭉하게 올라온 잎자루는 하염없이 하늘거린다. 바람 없어도 연잎의 춤사위는 멈추지 않는다. 연잎의 춤사위가 연못으로 바람을 불러온다. 연잎 위의 물방울은 바람결 따라 출렁거린다. 잔뜩 오므린 잎 가운데 자리 잡았던 물방울이 출렁거리며 잎 가장자리로 떠밀렸다가는 다시 가운데를 향해 냅다 구른다. 잠시도 멈추지 않는다. 소리 없는 천상의 무곡舞曲이다.

하염없이 나부끼는 연잎의 춤 따라 물방울도 춤춘다. 연잎과 물방울, 결코 하나될 수 없는 타자이면서 언제라도 나뉠 수 없는 운명으로 이어졌다. 맑은 가을 하늘이 내려준 천상의 운명이다.

대나무꽃

정섭

한 마디 다시 또 한 마디
천 가지에 돋은 만 장의 잎
스스로 꽃 피우지 않고
벌 나비 부르지 않는다

題畵

鄭燮

一節復一節
千枝攢萬葉
我自不開花
免撩蜂與蝶

현대 첨단 과학이 밝혀내지 못한 몇 가지 미스터리 가운데 대나무꽃의 개화가 있다. 대나무꽃은 함부로 피어나지 않는다. 놀랍게도 육십 년에 한 번 피어난다. 싹 트고 자라나서 꽃 피우고 열매 맺은 뒤 시들어 죽는 게 식물의 한살이라면 대나무의 한살이도 다를 게 없다.

　대개의 식물이 봄 여름 가을 겨울 사계절로 한살이를 이룬다. 그런데 대나무는 그 단순한 한살이를 이루는 데 무려 육십 년이라는 긴 시간을 필요로 한다. 잎 나고 꽃 피고 열매 맺은 뒤 스러지는 한살이의 흐름이야 여느 풀꽃과 다를 게 없지만, 육십 년이라는 긴 시간은 도무지 이해되지 않는다. 현대 과학으로도 풀 수 없는 우주의 비밀, 생명의 신비다. 어떻게 육십 년이라는 긴 세월의 흐름을 가름할 수 있을까. 신비롭다. 백 년을 채 못 사는 사람으로서는 평생 대나무꽃을 한 번 보기가 어려울 수밖에 없다.

　옛사람들은 대나무를 나무도 아니고 풀도 아니라고 했다. 나무라고 하기에는 나무가 갖춰야 할 중요한 요소들이 대나무에 없다. 이를테면 나이테를 가지지 않았다. 또 풀이라고 하기에는 사계절을 넘긴 뒤에도 푸르게 살아 있다는 것이 여느 풀과 다르다. 사계절을 한살이의 주기로만 생각해왔던 선입견 때문이다. 그러나 한살이의 기간을 육십 년으로 보면 문제가 어렵지 않게 풀린다. 이를테면 꽃 피운 뒤에 일제히 죽음을 맞이하는 건 여느 풀처럼 한살이를 모두 마친 때문이다. 결국 나무라고 부르긴 하지만 대나무는 나무보다는 풀이라 하는 게 더 맞을 게다.

사철 푸른 잎, 꺾이지 않는 꼿꼿함, 사람들은 대나무의 듬직한 자세를 사람의 절개에 비유했다. 그래서일까. 대나무 곁에는 벌도 나비도 꼬이지 않는다. 꽃이 없으니 벌 나비가 찾아들 이유가 없다. 그러나 시인은 꽃도 벌도 나비도 없는 대나무를 번거로움을 피하려는 대나무의 순결함 때문이라 했다.

풀 한 포기, 나무 한 그루에서 일으켜 세우는 사람살이의 지혜다.

석류꽃

장홍범

누가 꽃송이를 붉은 피로 물들였나
푸른 잎 사이에 맑은 향 촉촉하다
한가롭던 벌이 가지에 불붙은 줄 알고
바람 타고 담장 넘으려 날갯짓 재우친다

榴花

張弘範

猩血誰敎染絳囊
綠雲堆裏潤生香
游蜂錯認枝頭火
忙駕熏風過短墻

시인은 꽃의 빛깔을 붉은 핏빛이라고 했다가 꽃잎의 빛깔을 활활 타는 불빛으로 바꾸어 노래했다. 붉은빛은 참 많은 신호를 가졌다. 핏빛이든 불빛이든 사람살이엔 흔치 않은 빛깔이다.

내가 일하는 천리포수목원에는 전설처럼 전해오는 이야기가 있다. 흰 눈이 소복히 내려 쌓인 어느 겨울이었다고 한다. 한옥 정자 담장을 둘러서 있는 피라칸타의 새빨간 열매가 수북이 맺힌 게 무척 아름다웠다고 한다. 피라칸타 열매의 빨간색에 감탄하며 겨울을 보내던 어느 날. 시내의 소방대가 수목원으로 출동했다고 한다. 헬기를 타고 산불을 감시하던 소방대원이 한옥 정자 옆에 무더기로 맺힌 피라칸타 열매를 산불로 착각하고 부리나케 달려온 것. 석류나무에서 피어난 불을 피해 담장 너머로 날갯짓하는 시 속 벌의 행색이었다고나 할까. 순백으로 덮인 흰 눈의 숲에 유독 빨갛게 피어난 겨울 열매가 그런 해프닝을 빚었다.

숲에는 봄 여름 가을 겨울 내내 불이 난다. 봄에는 모란 작약이 붉은 꽃불을 놓고, 가을이면 다람쥐가 횃불을 들고 온 산에 단풍 불을 놓는다. 겨울 되면 호랑가시나무 피라칸타 열매가 불을 지른다. 나무를 태우지 않고, 사람의 가슴을 활활 태우는 불이다. 세상일에 무심해질 즈음이면 숲으로 가야 한다. 가서 한껏 마음 깊은 곳의 불씨를 일으킬 노릇이다.

목련

왕유

가지 위에 자목련꽃 한 송이
산 깊은 곳에서 빨갛게 피었네
사람 없어 적막한 개울가 집에서
어지러이 피더니 금세 지고 마네

辛夷塢

王維

木末芙蓉花

山中發紅萼

澗戶寂無人

紛紛開且落

천리포수목원에는 초가집이 하나 있다. 아주 오래전에 한옥을 좋아하던 설립자가 태안에서 옮겨온 오래된 집이다. 당시에는 태안 지역에 유일하게 남은 초가집이었다고 한다.

한동안 직원들의 사택으로 쓰였지만, 오래되어 흙담이 무너지고 낡은 기둥은 비스듬히 기울어 그대로 둘 수 없었다. 결국 옛 초가는 허물어내고 옛집을 닮은 모양으로 새 초가집을 지어 올렸다.

예나 지금이나 이 아담한 초가집을 더 아름답게 하는 건 앞마당에 서 있는 한 그루 목련이다. 목련 종류의 하나인 별목련이다. 언제라도 그렇지만 특히 하얀 꽃이 구름처럼 활짝 피어났을 때의 이 목련은 초가집 둥근 지붕과 어찌나 잘 어울리는지. 안타까운 건 그렇게 환하게 피어 있는 꽃을 볼 수 있는 시간이 너무너무 짧다는 사실이다.

목련 종류의 꽃이 그렇다. 빨간색 꽃을 피우든 하얀색 꽃을 피우든, 혹은 흔치 않은 노란색의 꽃을 피우는 목련이든 대개는 꽃 피어 있는 시간이 짧다. 사람의 마음을 어지럽힐 정도로 흐드러지게 피어난 목련은 그 아름다움을 채 가슴에 담기도 전에 지고 만다.

세상 모든 일이 그럴지 모른다. 목련꽃처럼 화려하게 이룬 결과는 오래가지 않는다. 곧 처량하게 시들어 진다. 피었을 때 화려하면 화려할수록 지고 난 뒤의 처량함은 더 서글프다.

국화와 소나무

도연명

봄은 두루 따뜻하고 풍요로우며

맑은 가을은 서늘하고 삽상하다

이슬 맺혀 떠도는 먼지 하나 없고

하늘 높은 풍광은 맑고 깨끗하다

높은 산에 솟아오른 빼어난 봉우리

멀리서 바라보니 더없이 절묘하다

향긋한 국화는 숲에서 고요히 빛나고

푸른 소나무는 바위 따라 잇닿았다

곧고 뜸직한 생김생김 간직한 채

서릿발 추위에도 영웅 호걸이다

술잔 들고 옛 위인 떠올리니

천 년토록 국화와 술의 결기 지녔다

내 품은 뜻 기어이 펼치지 못한 채

좋은 계절 보내기 답답하기만 하다

和郭主簿 二

陶淵明

和澤周三春

清涼素秋節

露凝無游氛

天高肅景澈

陵岑聳逸峯

遙瞻皆奇絶

芳菊開林耀

青松冠巖列

懷此貞秀姿

卓爲霜下杰

銜觴念幽人

千載撫爾訣

檢素不獲展

厭厭竟良月

중국 장시성 주장시 멘양산 중턱에 있는 도연명의 묘를 찾은 적이 있다. 중국 문학사를 대표하는 시인의 묘라고는 상상도 할 수 없을 만큼 비루했다. 화려한 것보다는 담담한 것을 즐기던 도연명의 살아 있을 때 모습이 죽은 뒤에도 고스란히 담겨 있었다.

"나의 묘에는 봉분도 하지 말고, 나무도 심지 말라" 했던 그의 당부를 후손들이 받아들인 셈이다. 봉분이라 해봐야 고작 어른 허리께에도 오르지 못할 만큼 낮았다. 무너앉은 건 아닌가 혼란스러운 지경이었다. 벼슬 버리고 농촌에 들어와 평범한 농사꾼으로 자연에 귀의한 시인의 묘. 필경 그가 원했던 묘지임은 틀림없지만 중국 문학사에 미친 그의 영향을 감안하자니 턱없이 초라했다. 가진 것 없이 살다 떠난 시인이 이 땅에 남긴 마지막 흔적이라는 생각은 안도감을 가져오기도 했지만 인생살이의 허무함을 떨치기에는 모자랐다.

돌아와 다시 도연명의 시집을 펼쳐 읽었다. 손으로 한 줄 두 줄 베껴 썼다. 살아 있음에, 농사일 뒤에 마시는 술 한 잔을 감사하는 그의 삶은 평안하고 아름다웠다. 자연에 묻혀 살아가는 시인의 화평한 모습이 드러나는 시구들은 고스란히 가슴을 파고들었다.

봄이면 따뜻하고 온갖 풀과 나무들이 새잎 돋우니 풍요로워 좋고, 가을 되어 소슬바람 불어오니 그 또한 서늘해 좋다. 이슬 내려 세상의 온갖 잡티 사라진 뒤 드러나는 맑고 깨끗한 풍경은 도연명의 삶을 그대로 닮았다. 멀리 높은 산 빼어난 봉우리 바라보는 것만으로 모자랄 것 없다고 그는 즐거워한다. 그러고는 가만히 소나무 뿌리 내린 바위 위에 앉아 숲속에서 불어오는 바람결에 실린 국화 향기에 몸을 맡긴다.

눈보라 비바람 몰아쳐도 바라보는 모든 것을 고맙게 받아들이는 그의 도량 앞에서 이 시대의 누구라도 넋을 놓지 않을 도리가 없다. 도연명의 노래는 이어진다. 기어이 펼치지 못한 품은 뜻은 무엇인가. 좋은 계절 보내기 답답하다는 건 무엇인가. 자연에 묻혀 자연과 함께 살아간 한 시인의 노래가 가을바람에 스친다. 그가 좋아했던 국화 향기가 담긴 삽상한 소슬바람이다.

가을 그리움

장적

타향에서 선뜻 가을바람 맞이하니
집으로 편지 한 장 부쳐야 하려나
서둘러 쓰고 나니 할 말 남았나 싶어
떠나는 이 세우고 겉봉만 어루만진다

秋思
張籍

洛陽城裏見秋風
欲作家書意萬重
復空忽忽說不盡
行人臨發又開封

어린 시절 골목 바깥의 우체통 앞에서 집배원 아저씨를 하염없이 기다린 적이 있다. 밤새워 쓴 편지를 긴 망설임 끝에 우체통에 넣자마자 일어난 후회 때문이었다. 무슨 말을 썼기에 그리 후회스러웠는지 모두 까맣게 잊은 사춘기 즈음의 일이다. 편지의 수신인에게 속내를 들킬 것을 생각하고는 얼굴이 화끈거렸던 게다. 하지만 지금은 수신인이었던 그 여자의 안부에 대한 궁금증도 채 일지 않는 오래전의 일이다.

집배원 아저씨가 우체통을 열고, 갈색 가죽 가방 안에 편지들을 옮겨 담을 때까지 기다렸다. 집배원이 찾아올 때까지 마음은 종잡을 수 없었다. '그래도 애써 드러낸 진심인데……' 하는 생각이 일어나는가 하면 곧바로 부끄러움이 솟아났다. 그렇게 빨간 우체통 앞에 서서 한나절을 배회했다.

우체통에 편지를 넣는 손편지의 시대는 지났다. 전자우편의 시절이다. 또 썼다가 지우는 일이 물 마시는 일만큼 편리한 시대라고는 하지만 쓰인 한 줄의 글을 후회하는 일은 예전과 다를 바 없다. 어떤 때는 속내를 채 드러내지 못해서, 또 어떤 때는 속내를 너무 솔직히 드러내서.

봄바람 불면 목련 소식 적어 멀리 있는 동무에게 목련 꽃 사진과 함께 이메일을 적어놓고 머뭇거린 일이 여러 번이다. 어린 시절처럼 우체통 앞에서 기다릴 수도 없는 노릇이어서 더 오래 망설인 듯하다. 발송 버튼을 누른 뒤에도 후회를 완전히 거두지 못한다.

되돌아오지나 않을까, 공연한 편지였을까, 그는 언제 읽었을까, 스팸에 묻혀 개봉도 않은 채 삭제됐을까 초조하게 답장을 기다리게 된다.

아! 글이란 무엇인가. 대관절 사람의 마음을 온전히 표현할 글이라는 게 있기나 한 건가. 옛 시인도 고향집 부모님께 편지 한 장 써놓고는 그걸 부치지 못해 갈팡질팡하고 만다. 사람의 마음을 앞서는 글은 있을 수 없는 모양이다.

가도賈島 (779~843)

당나라 중기에 활동한 시인. 과거에 여러 차례 낙방하고 한때 출가하여 승려로 살기도 했다. 평생 가난한 시인으로 살다가 병들어 죽었다. 시 한 편 짓기 위해 많은 시간을 들이는 것으로 알려졌는데, 특히 '퇴고'와 관련한 고사로 유명하다.

강희안姜希顔 (1417~1464)

조선 전기의 문신으로 강희백의 손자이며, 희맹의 형이다. 세종은 그의 이모부이기도 하다. 세종 때 정인지 등과 함께 훈민정음에 해석을 붙였다. 시와 글씨, 그림에 모두 뛰어나 '삼절三絶'이라 불렸으나 자신의 자취를 세상에 남기는 것을 꺼려했다. 『양화소록』은 그의 동생 강희맹이 『진산세고晉山世稿』를 편찬하면서 그 안에 수록하여 지금까지 전해진다.

고경명高敬命 (1533~1592)

조선 중기의 문신이자 의병장으로 광주에서 태어났다. 벼슬에서 물러난 뒤에는 고향의 자연에 묻혀 문필 활동에 몰두했다. 임진왜란 때에는 관군을 모아 두 아들과 함께 왜적에 항전했다. 주로 담양 지역에서 의병 활동으로 공을 세우고 순절했다. 시서화에 모두 능했으며, 시문집 『제봉집霽峰集』, 무등산 기행문 『서석록瑞石錄』, 격문집 『정기록正氣錄』 등을 남겼다.

곽예郭預 (1232~1286)

고려 후기의 문신으로 호는 연담蓮潭. 왜구의 침략에 대응해 일본에 직접 가서 도둑질을 금하고 잡혀간 고려인을 돌려보내도록 할 정도로 강건한 외교 활동을 펼쳤으며, 고려 무신정권 말기에는 수도를 강화에서 개경으로 옮기는 역할도 맡았다. 그가 한원에서 일할 때 비 오는 날 우산을 쓰고 맨발로 연꽃을 감상하러 연못에 나갔다는 이야기가 전한다.

권근 權近 (1352~1409)

고려 말에서 조선 초에 걸쳐 활동한 문신이자 학자로 호는 양촌陽村. 정몽주 김
구용 이숭인 정도전 등과 교유했다.『입학도설入學圖說』『오경천견록五經淺見錄』
등을 남겼다.

권필 權韠 (1569~1612)

조선 중기의 시인으로 호는 석주石洲. 벼슬에 나가지 않고 야인으로 살았다. 임
진왜란 때는 주전론을 주장했다. 그의 죽음은 인조반정의 한 구실이 되기도 했
다.『석주집石洲集』등을 남겼다.

김구 金坵 (1211~1278)

고려 후기의 문신으로 호는 지포止浦. 글재주가 뛰어났으며, 강직한 성품으로 벼
슬살이를 했다고 전한다. 서장관으로 원나라에 다녀온 뒤 한원에 근무했으며,
통문관을 설치하고 한어漢語를 습득하도록 종용했다. 저서로『북정록北征錄』
『지포집止浦集』등을 남겼다.

김금원 金錦園 (1817~미상)

조선의 여성들에게는 금기였던 여행을 위해 남자 차림을 하고 길 위에 머물렀
던 여행가이자 시인. 그는 제천 의림지를 비롯해 금강산 관동팔경 설악산 서울
등을 유람하며『호동서락기湖東西洛記』라는 여행서를 남겼다. 그는 시기詩妓, 즉
시를 잘 짓는 기생이 되기를 원했으며, 서울의 삼호정에 머물면서 우리나라 여
성 최초의 시 모임 '삼호정시사'를 결성하고 여러 작품을 남겼다.

김낙행 金樂行 (1708~1766)

조선 후기의 학자로 호는 구사당九思堂. 효행이 지극하고 문장이 뛰어났는데 특
히 제문이 유명하다.『계몽질의啓蒙質疑』『기법질의耆法質疑』『상복경전주소통
고喪服經傳註疏通考』『구사당집九思堂集』등의 저서가 있다.

김려金鑢 (1766~1822)

조선 후기 노론계 명문가 출신 문인으로 호는 담정澹庭. 열다섯 살 때 성균관에 들어가 학문을 익혔으며, 소품체 문장의 일가를 이루었다. 유배 시절 가난한 농민들과 가까이 지내면서 민중의 삶을 작품에 담아냈다. 『담정유고澹庭遺稿』 『우해이어보牛海異魚譜』 등을 남겼다. 이 가운데 『우해이어보』는 정약전의 『자산어보玆山魚譜』와 쌍벽을 이루는 어보다.

김류金瑬 (1571~1648)

선조 29년(1596)에 문과에 급제하여 중앙 정계에서 활동한 조선의 정치가. 광해군 때는 북인들과 관계가 나쁜 탓에 지방관으로 전전했다. 인조반정의 성공으로 정사 일등공신에 올랐다. 병자호란 때 탄핵되었다가 1644년에 다시 영의정을 지내면서 임금의 측근으로 원만하게 지냈다. 문집 『북저집北渚集』을 남겼다.

김병연金炳淵 (1807~1863)

김삿갓으로 불리는 조선 후기 시인. 경기도 양주에서 태어났는데, 홍경래의 난 때 선천부사를 지내던 할아버지 김익순이 홍경래에게 항복한 일에 대한 연좌제로 가문이 기울었다. 할아버지의 정체를 몰랐던 그는 과거 시험에서 할아버지를 비난하는 내용으로 시를 지어 급제했다. 이를 알게 되자 하늘 볼 면목이 없는 죄인이라 생각하여 삿갓을 쓰고 방랑 생활에 들었다. 즉흥시를 많이 남겼는데 권력과 부유층을 조롱하고 풍자한 시가 많다. 오랜 방랑 끝에 전라도 동복(지금의 화순)에서 객사했다.

김부용金芙蓉 (생몰 미상)

조선의 여성 문인으로 호는 운초雲楚. 정조 때 평안남도의 이름 높은 기생이자 시를 잘 짓는 문인으로 널리 알려졌다. 유고집 『운초집雲楚集』이 있고, 일제 강점기 때 김호신이 편찬한 『부용집芙蓉集』이 전하는데, 이를 안서 김억이 가지고 있던 사본으로 출판한 것이 『조선역대여류문집朝鮮歷代女流文集』에 수록돼 있다.

김삼의당金三宜堂 (1769~1823)

탁영 김일손의 후손인 김인혁의 딸이며 하욱의 부인이다. 시 99편과 산문 19편이 실린 시문집으로『삼의당김부인유고三宜堂金夫人遺稿』가 있다. 이 문집의 자서에서 그는 "호남의 한 어리석은 부녀로 태어나 깊은 규방에서 성장하여 비록 경사經史를 넓게 살피지 못했지만 일찍이 언문으로『소학』을 해독하고 문자에 통하여 제가諸家를 대략 섭렵했다"라고 했다.

김성일金誠一 (1538~1593)

조선 중기의 정치가이자 학자로 호는 학봉鶴峯. 1590년에 일본 사정을 탐지하려고 파견되었고 왜군이 침략하지 않을 거라 보고했다가 왜란이 발발하자 파직되었다. 의병장 곽재우를 도와 의병 활동을 했으며, 이어 경상도 관찰사로 임명되어 충정을 다했다.『해사록海槎錄』『상례고증喪禮考證』 등을 남겼다.

김시습金時習 (1435~1493)

조선 초기의 문인으로 호는 매월당梅月堂. 세 살 때부터 한시를 지은 천재로 세종에게까지 알려져, 친히 '오세五歲'라는 별호를 내렸다. 스물한 살 때에는 수양대군의 왕위 찬탈 소식을 듣고 속세를 떠나 승려가 되었다. 우리나라 최초의 한문소설『금오신화金鰲新話』를 비롯한 수많은 작품을 남기고 쉰아홉의 나이에 병들어 죽었다. 율곡 이이는 그를 '백세의 스승'으로 칭송했다.

김시진金始振 (1618~1667)

조선 후기의 문신으로 호는 반고盤皐. 1644년에 정시문과 병과에 급제하여 검열이 된 것을 시작으로 여러 벼슬을 거쳤다. 1666년에는 사은부사로 청나라에 다녀온 뒤 한성부좌윤에 임명됐다.

김정희金正喜 (1786~1856)

조선 후기의 실학자이며 서화가, 일찌감치 신문화를 받아들인 선각자로 호는 추사秋史 완당阮堂 예당禮堂 시암詩庵 노과老果 농장인農丈人 천축고선생天竺古先生 등. 순조 19년(1819) 문과에 급제하여 벼슬을 하다 십수 년 유배 생활을 했다. 유배에서 풀려난 뒤에는 과천에 은거했다. 고증학 분야에 매진하며 조선 금석학파를 일으켰다. 자기만의 추사체를 지어내기도 했다.

김집金集 (1574~1656)

조선 중기 문신으로 호는 신독재愼獨齋. 광해군과 이념이 달라 아버지 김장생과 고향에 돌아가 은거했다. 인조반정 후 부여현감, 이조판서가 됐다. 만년에 김장생과 함께 예학의 기본 체계를 완성했으며 송시열을 키워냈다. 문집으로『신독재유고愼獨齋遺稿』가 있다.

김창업金昌業 (1658~1721)

조선 후기의 문인이자 화가로 호는 가재稼齋 노가재老稼齋. 서포 김만중으로부터 시를 잘 짓는다는 칭찬을 받았으며, 그림에도 소질을 보였다. 벼슬에 나서지 않고 스스로를 노가재라 부르며 세상일을 멀리했다. 마을에 사창社倉을 설치하고 거문고와 시 짓기를 즐기면서 살았다. 1712년 북경에 다녀온 뒤에『노가재연행록稼齋燕行錄』을 펴냈다. 조선 후기 실경산수화에 크게 영향을 미쳤다.

김창협金昌協 (1651~1708)

조선 후기의 학자로 호는 농암農巖 삼주三洲. 청풍부사 시절 기사환국으로 영의정을 지낸 아버지 김수항이 진도에서 사사되자, 벼슬을 내려놓고 경기도 포천에 은거했다. 1694년 갑술옥사 뒤 아버지가 신원돼 여러 벼슬에 임명됐지만, 모두 사직하고 학문에 전념했다.

노긍盧兢 (1738~1790)

조선 후기의 학자로 호는 한원漢源. 영조 41년(1765)에 진사가 되었는데, 과시에서 명성을 떨쳐 호서 지방 사류들의 추앙을 받았다. 평안도 위원으로 유배되었다가 곧 풀려났다. 한문소설『화사花史』를 지었다.

단종端宗 (1441~1457)

조선의 여섯 번째 임금(재위 1452~1455)으로 어린 나이에 즉위했지만, 숙부인 수
양대군에게 왕위를 빼앗기고 상왕이 되었다가 성삼문 박팽년 등이 일으킨 단
종복위운동이 발각되어 노산군으로 강봉된 뒤 강원도 영월 청령포로 유배됐
다. 수양대군의 동생인 금성대군이 또 한 차례 복위운동을 벌였지만 다시 발각
되었으며, 1457년에 영월에서 죽었다.

도연명陶淵明 (365~427)

동진 말기부터 남조의 송대 초기에 걸쳐 활동한 중국의 시인. 문 앞에 버드나
무 다섯 그루를 심어놓고 스스로 오류五柳 선생이라고 했다. 당대에는 높은 평
가를 받지 못했지만, 죽은 뒤에 중국 최고의 시인으로 인정받았다. 마흔한 살
되어 농촌에 은거했다. 맹호연 왕유 저광희 위응물 유종원 등 후대 시인에게 큰
영향을 미쳤다.『도화원기桃花源記』『귀거래사歸去來辭』 등을 남겼다.

맹호연孟浩然 (689~740)

전원생활을 즐기며 자연의 정취를 노래한 작품을 많이 남긴 중국 당나라 때의
시인. 약 이백오십 수의 시가 전한다. 마흔 살 되어서야 장안에 와서 진사 시험
을 치렀지만, 그나마 낙방하자 귀향하여 은둔했다. 도연명을 존경하고 그의 시
풍을 따랐다.『맹호연집孟浩然集』 네 권이 전한다.

목만중睦萬中 (1727~1810)

조선 후기의 문신으로 호는 여와餘窩. 신유사옥 때, 남인 시파 계열의 천주교도
들에 대한 박해와 탄압을 주도했다.

무외無外 (1714~1791)

열다섯 살 시절에 일어난 무신국란 때 남한산성 방어에 큰 공을 세우자 벼슬을 권유받았지만, 이를 사양하고 출가한 조선 후기의 선승. 부모의 만류를 뿌리치고 설악산 신흥사에 들어가 승려가 됐다. 중년 이후에는 선의 경지에 몰입했다. 신흥사에 딸린 암자인 극락암에서 일흔일곱의 나이로 입적했다. 사리 한 과를 얻어 부도를 세웠다.

박제가朴齊家 (1750~1805)

조선 후기 실학자. 어린 시절부터 문명을 떨쳐 스무 살 전에 북학파들과 학문적 만남을 가졌다. 스물여섯 살에는 이덕무 유득공 이서구와 함께 사가시집『건연집巾衍集』을 내며 주목받았다. 채제공을 따라 청나라에 가서 학문을 나누었고, 귀국한 뒤에는 당시의 경험과 수학 내용을 정리해『북학의北學議』를 내놨다.『정유집貞蕤集』『정유시고貞蕤詩稿』등의 저술을 남겼다.

박죽서朴竹西 (생몰 미상)

태어나 활동한 시기가 분명하지 않은데, 1817년에 태어난 여자 여행가 김금원과 비슷한 시기에 활동한 것으로 짐작된다. 또 그의 시집『죽서시집竹西詩集』이 발행된 1851년에는 이미 죽은 것으로 알려졌으니 대략 1820년 앞뒤에 태어나 서른 즈음에 요절한 것으로 보인다. 어려서부터 영특해 아버지 박종언에게서 시를 배웠고, 자라면서 책을 좋아하여 옛 문인들의 시문을 스스로 익혔다고 한다.

박준원朴準源 (1739~1807)

조선 후기의 문신으로 마흔여덟 살에 사마시에 합격했다. 예순아홉 살에 숨을 거두자 당시 임금이던 순조가 손수 신도비를 지어 내렸으며 영의정에 추증되었다.

박지원朴趾源 (1737~1805)

조선 후기의 대표적인 실학자 겸 소설가로 호는 연암燕巖. 1780년에 청나라에 가서 이용후생利用厚生 문명을 눈여겨보고 귀국해 기행문『열하일기熱河日記』를 남겼다. 북학파의 영수로 자유기발한 문체를 구사한 한문소설을 여러 편 남겼다.『허생전許生傳』『호질虎叱』『양반전兩班傳』등의 작품이 있다.

보우普雨 (1509~1565)

조선 중기의 승려로 법호는 허응당虛應堂 나암懶菴 등. 명종 3년(1548)에 명종의 어머니 문정왕후의 신임을 받아 봉은사 주지가 되어 불교를 부흥시키는 데 큰 역할을 했다. 1550년 선종과 교종의 양종제도를 부활, 삼백여 사찰을 국가 공인 사찰로 지정했으며, 승려 사천여 명을 선발하여 자격을 인정하는 도첩제를 실현시켰다.『허응당집虛應堂集』『불사문답佛事問答』등을 남겼다.

서거정徐居正 (1420~1488)

문장에 일가를 이루고 훌륭한 시를 많이 남긴 문신으로 세종에서 성종 연간에 활동한 대표적인 학자.『동문선東文選』130권,『신찬동국여지승람新撰東國與地勝覽』50권,『동국통감東國通鑑』57권을 완성하기도 했다. 특히『동문선』은 우리 한문학의 독자성을 바탕으로 우리나라 한문학의 정수를 모아 편찬한 빛나는 저술이다.

성현成俔 (1439~1504)

조선 초기의 학자로 자는 경숙磬叔, 호는 용재慵齋 부휴자浮休子 허백당虛白堂 국오菊塢 등이다.『허백당집虛白堂集』『악학궤범樂學軌範』『용재총화慵齋叢話』『부휴자담론浮休子談論』등을 남겼다.

소세양蘇世讓 (1486~1562)

조선 후기 문인으로 호는 양곡陽谷 퇴재退齋 퇴휴당退休堂 등. 연산군 1504년

진사시, 중종 1509년에 식년문과에 급제했다. 인종 때 벼슬을 내려놓았지만, 명종 즉위와 함께 좌찬성에 기용됐다. 시를 잘 지었으며, 송설체松雪體를 잘 썼다.

송한필宋翰弼 (생몰 미상)
조선 중기에 활동한 문인이지만, 생애에 대해 알려진 게 별로 없다. 그의 형 익필과 함께 문장가로 이름이 났을 뿐이다. 형은 이이 정철 등과 함께 정치적으로 서인에 속했으며, 당대 사림의 대가로 많은 후진을 양성했다. 익필과 교유가 깊었던 율곡은 송한필을 성리학 관련 토론의 좋은 상대로 여겼다고 알려졌다. 시 서른두 수 등이 익필의『구봉집龜峯集』에 부록으로 실려 전한다.

신경준申景濬 (1712~1781)
조선 영조 때 문인으로 호는 여암旅菴. 신숙주의 친동생인 말주의 11대손이다. 서른세 살 때 고향에 칩거하며 글쓰기에 몰두했다. 마흔세 살 되어 향시에 합격하면서 중앙 정계에 진출했다. 영조 때『여지승람輿地勝覽』과 나중에는『동국여지도東國輿地圖』를 감수했다.『운해훈민정음韻解訓民正音』을 남겼다.

엄운嚴惲 (미상~870)
당나라 때 오흥에서 태어나 활동한 시인. 과거에 낙방하고 고향에 돌아와 은거하다가 병들어 죽었다. 두목杜牧은 특히 이 시 한 편을 역사에 남을 만한 좋은 시로 칭송했다. 섬세한 정서의 산수자연 시를 많이 지은 것으로 알려졌지만 남아 있는 시편이 거의 없을 뿐 아니라 그 밖의 다른 행적도 잘 알려지지 않았다.

왕유王維 (699~759 추정)
중국 당나라 때의 시인이자 화가. 불교의 영향을 받았으며 아홉 살 때부터 시를 지었다고 한다. 당나라의 문화가 가장 번성했던 시기에 고위 관직을 지냈으며, 당대를 대표하는 시인이자 화가이며 음악가로도 이름을 떨쳤다. 이백 두보와 함께 중국의 서정시를 완성한 3대 시인으로 불린다. 자연의 정취를 소재로 한 작품들이 특히 빼어나다.

원매袁枚 (1716~1797)

청나라 때의 문인으로 호가 수원隨園이어서 흔히 수원선생으로 불렸다. 격조설格調說에 반대되는 성령론性靈論을 주장했다. "시는 뜻을 말하는 것이기에 반드시 성정에 바탕을 두어야 한다詩言志, 言詩之必本乎性情也"라고 주장했다. 성정에 따라 자유롭게 쓰면 격률에 구애되지 않고 저절로 좋은 글이 되며, 격률은 저절로 갖춰진다고 설파했다. 『소창산방집小倉山房集』 『수원수필隨園隨筆』 『수원시화隨園詩話』 등을 남겼다.

위응물韋應物 (737~804 추정)

당나라 때의 시인. 현종 때 조정에서 활동했다가 뒤에 독서에 전념해 숙종 때는 태학에서 활동했다. 전원산림의 정취를 그린 시를 많이 남긴 산수자연파의 대표적 시인이다. 왕유 맹호연 유종원과 함께 '왕맹위류王孟韋柳'로, 도연명과 함께 '도위陶韋'로 불린다.

의순意恂 (1786~1866)

초의草衣선사로 더 많이 알려진 조선 후기의 승려. 당호는 일지암一枝庵이고 의순은 법명이다. 전남 무안 출신으로 열여섯 살 때 전남의 운흥사에서 출가했다. 두륜산 대흥사의 종사를 지냈으며 정약용 김정희 등과 교유한 것으로도 유명하다. 나중에 대흥사의 동쪽 계곡에 일지암을 짓고 사십여 년 동안 홀로 다선삼매茶禪三昧에 들었다. 다도를 일으켜 세웠으며, 범패 원예 서예에 능했다. 여든 살에 입적했다.

이곡李穀 (1298~1351)

고려 말에 활동한 학자로 호는 가정稼亭이고 목은 이색의 아버지다. 충숙왕 4년(1317)에 과거에 합격했으며, 원나라에서 정동성 향시에 수석으로 선발되기도

했다. 공민왕 옹립을 주장하다가 충정왕이 즉위하자, 관동지방을 떠돌며 생활
했다. 고려에서는 이상을 실현하지 못했다. 대나무를 의인화한『죽부인전竹夫人
傳』을 남겼으며, 많은 시편이『동문선東文選』에 전한다.

이규보李奎報 (1168~1241)

고려 후기의 문신이자 학자로 호는 백운거사白雲居士. 시와 거문고를 좋아하고
술을 잘 마셔서 삼혹호선생三酷好先生이라고도 불린다. 저서로『동명왕편東明王
篇』『개원천보영사시開元天寶詠史詩』, 문집으로『동국이상국집東國李相國集』을
남겼다.

이달李達 (1539~1612)

조선 중기에 활동한 시인으로 호는 손곡蓀谷 서담西潭 동리東里. 서자였기 때문
에 문과에 응시하지 않고, 직업도 갖지 않았다. 일흔 살이 넘도록 홀로 지내며
평양의 한 여관에 얹혀살다가 죽었다. 시집으로 제자 허균이 엮은『손곡집蓀谷
集』이 있다.

이덕무李德懋 (1741~1793)

조선 후기의 실학자로 호는 형암炯庵 아정雅亭 청장관靑莊館 신천옹信天翁 등.
학문과 문장에 뛰어났지만 서자라는 이유로 높은 벼슬에 나가지 못했다. 스스
로 학문을 익혔으며 나중에 박제가 유득공 이서구와 함께『건연집巾衍集』이라
는 사가시집을 펴냈다. 북학파 실학자들과 가까이 지냈지만 급진적인 개혁보다
는 철학적인 고증학 방법론에 관심이 컸다.『관독일기觀讀日記』『이목구심서耳目
口心書』『영처시고嬰處詩稿』등을 남겼다.

이봉환李鳳煥 (미상~1770)

조선 후기 영조 때 사마시에 합격한 뒤 벼슬에 나가 양지현감 등을 거친 문신.
호는 우념재雨念齋로 문장이 매우 뛰어났다고 한다. 사도세자의 능에 참배하기

를 청한 그를 영조가 옥에 가두었는데, 이때의 고문을 못 이기고 옥사했다. 이른바 '경인옥' 사건이다. 시문집 『우넘재시고雨念齋詩藁』를 남겼다.

이서구李書九 (1754~1825)

조선 후기의 문인으로 호는 척재惕齋 강산薑山 소완정素玩亭 석모산인席帽山人 등. 이덕무 박제가 유득공과 함께 사가시인 혹은 실학사대가로 불렸다. 홍대용과 박지원의 문하에 출입하면서 실학파 문인들과 사귀며 조선의 역사와 자연에 대한 관심을 문학적으로 표현했다. 문집으로 『척재집惕齋集』 『강산초집薑山初集』이 전한다.

윤선도尹善道 (1587~1671)

조선 중기의 문신으로 호는 고산孤山 해옹海翁 등. 인조반정 직후 의금부도사로 제수됐지만 곧바로 사직하고 전라남도 해남으로 갔다. 보길도甫吉島에 은거하며 정착촌을 '부용동芙蓉洞'이라고 했다. 십이정각 세연정 석실 등을 짓고 풍류를 즐기며 「어부사시사漁父四時詞」 등 여러 시를 지었다. 정철, 박인로와 함께 조선 3대 가인歌人으로 일컬어진다.

이수광李睟光 (1563~1628)

조선 중기에 활동한 실학파의 선구자. 열다섯 살 때인 1578년에 초시에 합격하고 스무 살 되기 전에 진사가 되면서 정계에 진출했다. 임진왜란 때는 경상도 지역에서 나라를 지키는 일에 나섰으며 정유재란 뒤에는 명나라에 다녀오면서 외국 인사들과 교유했다. 당쟁에 휩쓸리지 않으면서 강직한 성품을 유지한 선비의 본보기로 남았다.

이언적李彦迪 (1491~1553)

조선 중기의 문신이자 학자. 경북 경주에서 태어나 조선 성리학 정립의 선구적인 역할을 했다. 주희의 주리론적 입장을 확립하여 이황에게 전해주었다. 여러

벼슬을 거쳐 경주에 와서 학문에 전념했다. 이때 그가 고향에 지은 서재가 독
락당이다.

이용휴李用休 (1708~1782)

조선 후기의 문인으로 호는 혜환재惠寰齋. 작은아버지 이익에게 학문을 배웠다.
실학에 조예가 깊었으며, 이를 바탕으로 한 작품을 많이 남겼다. 거지와의 문답
형식으로 쓴 한문소설『해서개자海西丐者』에서 거지의 순수한 성정과 농부들
의 고운 마음을 표현한 것처럼 민중의 삶에 관심이 많았다.『혜환시초惠寰詩抄』
『혜환잡저惠寰雜著』등을 남겼다.

이정李霆 (1554~1626)

조선 중기의 화가로 호는 탄은灘隱이며, 세종의 현손玄孫이다. 왕손에게 내리는
벼슬 가운데 하나인 석양정에 봉해졌다가 나중에 석양군으로 승격했다. 묵죽화
분야에서 조선 3대 화가 중 한 명으로 꼽힌다. 강한 필력과 완성된 구도를 갖춘
그의 작품은 조선 묵죽화의 최고 걸작으로 손꼽힌다. 〈우죽도雨竹圖〉를 비롯한
많은 묵죽화를 남겼다.

이황李滉 (1501~1570)

고려 말에 들어온 성리학 토착화에 지대한 공을 세운 대학자로, 사림파 활동의
이론적 근거를 마련했다. 경북 안동에서 태어나 열두 살 때부터『논어』를 익힌
천재였다. 스물일곱 살 때 들어간 성균관에서 견문을 넓혔다. 마흔을 넘긴 뒤 낙
향했다가 나중에 벼슬을 지냈다. 풍기군수 때 소수서원 사액을 실현시켰으며,
1560년 도산서당을 설립하여 후학 양성에 몰두하다가 이곳에서 별세했다.

임억령林億齡(1496~1568)

조선 중기에 활동한 문신으로 호는 석천石川. 명종 즉위년에 벌어진 을사사화
때에는 금산 지역 군수로 있다가 사직하고 전라남도 해남에 은거했다. 청렴결백

한 성품에 좋은 시를 많이 남긴 것으로 알려졌다.

임유후任有後 (1601~1673)

조선 중기의 문신으로 인조 때 병과로 급제한 뒤 벼슬살이를 했다. 벼슬을 그만
두고는 경북 울진의 산골로 귀촌하여 학문에 몰두했다. 담양부사 시절 청백리
로 존경받았다. 은퇴하고부터는 자연에 귀의하여 유유자적하며 시를 쓰며 여생
을 보냈다.

장적張籍 (766~830)

당나라 때의 문인으로 생존 연대는 추정치를 따른 것이다. 가난한 집안에서 태
어나 높은 벼슬에 오르지 못했다. 당대의 문인 한유의 추천으로 국자박사가 되
었으나, 시력을 잃는 바람에 태상시태축이라는 낮은 벼슬로 내려앉아 가난하게
살았다. 눈이 먼 그는 고통스러운 자신의 삶을 시로 표현했고, 전쟁의 비정함이
나 전쟁에 휘말린 백성이 겪는 고통을 사실적으로 그려냈다. 두보와 백거이의
시풍을 이었으며, 특히 악부시樂府詩를 많이 남겼다.

장초張弨 (1624~미상)

명나라 말기, 청나라 초기에 활동한 문인으로 호는 극재亟齋. 집안이 가난해 장
사를 해서 생계를 꾸려가며 육서와 금석문자 연구에 골몰했다고 전한다. 『소릉
육준도찬昭陵六駿圖贊』『장극재유집張亟齋遺集』등이 전한다.

장홍범張弘範 (1238~1280)

원나라 때의 무인. 허베이 출신으로 1279년 애산 지역에서 남송군과 벌인 전투
에서 큰 공을 세웠다.

전후錢珝 (생몰 미상)

당나라 때 현재 절강성에 속하는 오흥에서 활동한 문인. 문장이 좋았으며 벼슬

살이를 오래 했다. 『주중록舟中錄』 스무 권을 남겼다고 하지만 대개는 전하지 않는다.

정섭鄭燮 (1693~1765)

중국의 흥화에서 태어나 활동한 문인으로 시서화에 모두 뛰어났다. 잠시 벼슬살이를 했지만 곧 그만두고 그림을 팔며 주로 양주에서 생활했다. 그를 '양주팔괴揚州八怪'의 한 사람으로 일컬었다. 자유분방한 그의 성격을 반영한 자유롭고 낭만적인 시편을 많이 남겼다.

정습명鄭襲明 (미상~1151)

고려 중기의 문신으로 호가 형양滎陽. 문과에 급제해 내시內侍가 됐다. 묘청의 난 때는 수군을 이끌고 순화현 남강에서 적을 막았다. 그 뒤에 병선판관이 되어 서적토벌을 도모했지만 실패했다. 인종은 그를 동궁의 스승으로 삼았으며, 의종을 잘 보위하라고 부탁했다. 의종 때 한림학사가 되었으며, 뒤에는 추밀원지주사가 됐다. 말년에 병이 들자 자살로 삶을 마감했다.

정약용丁若鏞 (1762~1836)

조선을 비롯해 한국 유학사 최고의 대학자로 호는 다산茶山 사암俟菴 여유당與猶堂 채산菜山 등. 정조 시대에 활동했으며 오랫동안 유배 생활을 했다. 유배 중에 오백여 권에 이르는 방대한 저술을 남기면서 조선 후기 실학사상을 집대성했다. 정치 경제 사회 문화 등 전반에서의 개혁 사상을 제시했다. 경집 232권, 문집 260권을 남겼는데, 자신의 저서를 정리하여 스스로 『여유당전서與猶堂全書』를 편찬하기도 했다.

정온鄭蘊 (1569~1641)

조선 중기의 문신으로 호는 동계桐溪 고고자鼓鼓子. 유배 생활을 하며 중국의 명언을 모은 『덕변록德辨錄』을 지었다. 1636년 병자호란 때에는 이조참판으로서 오랑캐에게 항복하는 수치를 참을 수 없어 자결을 시도했으나 목숨은 끊어지지 않았다. 그 뒤 벼슬을 버리고 덕유산에 들어가 은거하다 죽었다. 문집으로 『동계문집桐溪文集』이 전한다.

정학연丁學淵 (1783~1859)

다산 정약용의 장남으로 학술적 문학적 업적이 적지 않으나 아버지 정약용의 명성에 가려 진가가 제대로 알려지지 않은 인물. 호는 유산酉山이며 흔히 유산거사酉山居士 유산초부酉山樵夫로 썼다. 시와 의술이 뛰어났다. 정약용의 가르침으로 일찌감치 농학과 의술 등 실용 학문을 익혔다. 일만 수에 이르는 시를 남겼다고 하지만 지금은 오백여 수만 전한다.

조팽년趙彭年 (1549~미상)

조선 중기의 문신으로 전남 강진에서 활동했다. 선조 6년(1573)에 생원이 되고, 1576년 식년문과에 병과로 급제했다. 구설수에 몰려 몇 차례 파직되는 난관을 겪었다. 나중에 병조판서에 추증되었지만, 말년의 행적에 대해서는 잘 알려지지 않았다.

진화陳澕 (생몰 미상)

1180년 전후에 태어나 고려 신종에서 희종 즈음에 활동한 문인. 호는 매호梅湖인데, 활동한 시기는 불확실하다. 글재주가 뛰어나 어릴 때 이인로와 함께 평판이 자자했다. 무신의 난 뒤에 농촌의 실상을 그려낸「도원가桃源歌」를 비롯해 많은 시를 남겼다. 후손들이 그의 시를 찾아내『매호유고梅湖遺稿』를 펴냈다.

최충崔沖 (984~1068)

고려 전기의 문신으로 호는 성재惺齋 월포月圃 방회재放晦齋. 사학십이도私學十二徒의 하나인 문헌공도文憲公徒의 창시자이다. 벼슬에서 물러난 뒤 사립학교라 할 수 있는 구재학당을 운영했다. 무인의 난으로 문신이 살해되고 문집이 불살라지는 바람에 최충의 문장은 많이 남지 않았다.

한용운韓龍雲 (1879~1944)

승려이며 독립운동가인 시인으로 본명은 정옥貞玉. 용운은 법명, 만해萬海, 卍
海는 법호다. 어린 시절 서당에서 한학을 익히고, 열여덟 살에 설악산 오세암으
로 출가했다. 한문으로 된 불경을 우리말로 옮기며 불교의 대중화 작업에 나섰
다. 1918년에 불교잡지 〈월간 유심惟心〉을 창간, 이듬해에 일어난 삼일독립운동
에는 불교계 대표로 참여했다. 한국 근대 시문학사의 기념비가 되는 시집 『님
의 침묵』은 옥에서 나온 뒤 백담사에 머물며 펴냈다.

해안海眼 (1567~미상)

조선 중기의 승려로 법호는 중관中觀. 임진왜란 때 영남 지방에서 승병을 일으
켰으며, 전란 뒤에는 지리산 화엄사에서 대화엄종주로 활동, 나중에는 지리산
에 대은암을 중창하고 정진했다. 『중관대사유고中觀大師遺稿』『화엄사사적華嚴
寺事蹟』등이 전한다.

현기玄錡 (1809~1860)

조선 후기의 시인으로 호는 희암希庵. 시 쓰는 재능이 뛰어나 '시신詩神'이라는
별명으로 불리기까지 했다. 한어역과漢語譯科에 합격하며 재능을 증명했으나,
중인 출신이라는 제약으로 능력 발휘의 기회를 갖지 못했다. 술 마시고 시 쓰는
일로 일생을 보냈다고 한다.

혜심慧諶 (1178~1234)

고려 후기의 승려로 성은 최씨崔氏이며 자는 영을永乙, 자호는 무의자無衣子.
1201년에 사마시에 합격하여 태학에 들어갔으나 이듬해 어머니가 죽자 지눌을
찾아가 재를 올리고 제자가 되었다. 1210년 지눌이 입적하자 수선사의 사주가
되어 교세를 확장했다. 저서로 『선문염송집禪門拈頌集』『조계진각국사어록曹溪

眞覺國師語錄』『구자무불성화간병론狗子無佛性話揀病論』『무의자시집無衣子詩集』
『금강경찬金剛經贊』 등이 있다.

홍낙인洪樂仁 (1729~1777)

조선 후기의 문신으로 호는 안와安窩. 영의정을 지낸 홍봉한의 아들이다. 저서
로『안와유고安窩遺稿』가 있다.

황진이黃眞伊 (생몰 미상)

경기도 개성 출신으로 조선 중종 연간에 활약한 기생으로 알려졌다. 원래 이름
은 진眞이고, 기명은 명월明月이다. 활동 내용에 대해서도 직접 사료는 없고, 신
비화한 야사가 대부분으로 미모와 노래뿐 아니라 시문에 능했다고 전한다. 박
연폭포 서경덕과 함께 송도삼절松都三絶로 일컬어진다.

황현黃玹 (1855~1910)

전라남도 광양에서 태어난 조선 후기 문인으로 호는 매천梅泉. 황희 정승의 후
손으로 시를 잘 썼다. 고종 22년(1885)에 생원진사시에 장원했지만, 시국이 혼란
하여 벼슬을 포기하고 전라남도 구례로 낙향해 은거했다. 일제에 의해 국권을
빼앗기자 절명시 네 편을 남기고 스스로 목숨을 끊었다.